La lune de miel d'un patron

AMANDA CINELLI

La lune de miel d'un patron

Traduction française de
LOUISE LAMBERSON

AZUR

HARLEQUIN

Collection : Azur

Titre original :
THE BILLIONAIRE'S LAST-MINUTE MARRIAGE

HARPERCOLLINS FRANCE
83-85, boulevard Vincent-Auriol, 75646 PARIS CEDEX 13
Service Clients — www.harlequin.fr
ISBN 978-2-2804-9810-4 — ISSN 0993-4448

Composé et édité par HarperCollins France.
Imprimé en janvier 2024 par CPI Black Print (Barcelone)
en utilisant 100% d'électricité renouvelable.
Dépôt légal : février 2024.

FSC
www.fsc.org
MIXTE
Papier issu de sources responsables
FSC® C159065

Pour limiter l'empreinte environnementale de ses livres, HarperCollins France s'engage à n'utiliser que du papier fabriqué à partir de bois provenant de forêts gérées durablement et de manière responsable.

1

Prisonnier de la masse compacte de paparazzis et d'invités, Xander Mytikas resta un moment pétrifié sur les marches de la Cour suprême de justice de Manhattan, les expressions des visages tournés vers lui oscillant entre la stupeur, la compassion et la délectation à peine dissimulée d'avoir vu de leurs propres yeux le P-DG intérimaire de Mytikas Holdings se faire plaquer par sa fiancée le jour même de ses noces.

Depuis que nombre des accusations terribles avaient refait surface dès le lendemain de la mort de Zeus, deux semaines plus tôt, les médias n'étaient pas tendres avec le fils et successeur de l'ancien dirigeant. Mais de là à être humilié publiquement et tourné en ridicule…

Le déroulement des événements passait et repassait dans son esprit comme la scène d'un mauvais film : Priya Davidson-Khan s'immobilisant sur une marche, figée dans des flots de soie blanche, lui s'efforçant en vain de la rejoindre – impossible de se frayer un chemin parmi les hordes de journalistes qui avaient soudain surgi de toutes parts… Puis les excuses muettes qu'il avait lues sur le visage de sa fiancée, juste avant qu'elle ne s'enfuie en courant sous la pluie.

Durant les quelques minutes qui s'étaient écoulées

depuis, Xander avait demandé à ses gardes rapprochés de sécuriser le périmètre et de rassembler les invités à l'intérieur en attendant d'avoir repris la situation en main. La cérémonie aurait dû être strictement confidentielle – chaque invité avait signé un accord de confidentialité – et pourtant, à en juger par le nombre de photographes postés tout le long de la rue, quelqu'un les avait mis au courant.

La voix du chef de la sécurité le sortit de sa torpeur.

— J'ai envoyé une équipe à la poursuite de Mlle Davidson-Khan, mais apparemment une voiture l'attendait. Nous avons confisqué ceci à l'un des journalistes.

Il tourna l'écran d'un téléphone portable vers Xander qui vit démarrer une courte vidéo montrant un homme soulevant Priya de terre et la balançant littéralement sur son épaule avant de s'avancer à grands pas dans une rue étroite noyée de pluie... Tout à coup, l'homme tourna brièvement la tête pour jeter un regard en arrière...

Xander retint un juron.

Eros.

Naturellement. Depuis que, après la mort de leur père, il avait eu connaissance de la clause du testament, Xander s'était attendu à voir apparaître l'un ou l'autre de ses deux demi-frères. Le premier des trois fils qui se marierait et resterait marié pendant un an hériterait de tout.

Il retint un nouveau juron. L'arrangement passé avec Priya était un pur contrat d'affaires, mais l'humiliation n'en demeurait pas moins cuisante et la trahison moins blessante pour son orgueil.

— Une voiture les suit, dit le chef de la sécurité.

— Non.

Xander ferma les yeux et expira en se pinçant l'arête du nez pour tâcher d'enrayer le mal de tête qu'il sentait venir.

— Il est hors de question que mes agents soient impliqués dans une poursuite à travers les rues de Manhattan en plein jour. Les paparazzis ont déjà suffisamment de quoi faire, inutile d'en rajouter !

— Vous souhaitez que nous la laissions partir ?

Le bruit s'amplifiait autour de lui. En bas des marches, des journalistes hurlaient leurs questions et, derrière lui, les invités parlaient tous en même temps. Il était entouré de requins. Lui qui était réputé pour son pragmatisme à toute épreuve et qui croyait avoir mis au point le plan parfait, il avait l'impression de ne plus rien comprendre.

Tous ses agents étaient sur le qui-vive. Tous les organisateurs avaient fait en sorte que ses deux demi-frères ignorent tout de ce mariage précipité. Xander était connu pour le contrôle d'acier qu'il exerçait sur ses affaires et sa capacité à toujours obtenir ce qu'il voulait. Mais force était de reconnaître que, pour une fois… quelque chose lui avait échappé.

Mortifié par le sentiment d'échec qu'il sentait poindre en lui, il suivit ses gardes rapprochés qui ordonnaient aux gens de s'écarter pour les laisser passer.

Quelques instants plus tard, il s'engouffrait à l'intérieur du 4x4 noir et claquait la portière derrière lui, pressé d'échapper à tant de curiosité malsaine. Vingt années s'étaient écoulées depuis qu'il s'était vu projeté dans ce monde assoiffé de sang où la souffrance était source de profit et le scandale monnaie courante. Il avait dû subir les cours d'élocution de son père et les recommandations de stylistes privés. Mais rien n'y faisait. Ces mêmes journalistes qui l'avaient pourchassé autrefois, du temps où il n'était qu'un jeune homme naïf de dix-neuf ans, parvenaient toujours à se faire de l'argent sur son dos. Ainsi allait le monde.

La cloison de séparation descendit sans bruit.

— Vous avez été rapides, les tourtereaux, dit la voix chantante de Mina.

Sa fidèle employée tourna la tête vers l'arrière du véhicule.

— Félicitations…

Le sourire de Mina disparut, remplacé par une expression confuse.

L'estomac noué, Xander contempla la bouteille de champagne et les deux flûtes en cristal au liseré doré.

— Le mariage est annulé. Ma fiancée avait d'autres projets, dit-il en dénouant son nœud papillon.

Il défit le premier bouton de sa chemise et résista au désir de l'ôter complètement. Il avait les muscles tendus à craquer… Brusquement, un journaliste colla son visage contre la vitre teintée, le faisant sursauter sur son siège.

Le juron poussé par Mina l'apaisa un peu. Elle fit vrombir le moteur du 4x4 et donna un coup de klaxon si impérieux que la foule se dispersa aussitôt. Et lorsque le véhicule se faufila enfin dans la circulation, la cloison de séparation remonta en silence. Mina avait pitié de lui. Or il ne voulait pas de sa pitié, ni de celle de personne. Malheureusement, impossible d'y échapper. Ni aux commérages. Ni au scandale.

Derrière la vitre, la pluie continuait de tomber sans répit. Xander sentit vibrer ses tempes, signe précurseur d'une migraine gratinée. Il s'appuya au dossier en cuir et ferma les yeux, submergé par la profonde lassitude contre laquelle il luttait depuis la mort de son père.

Ces deux semaines avaient été un enfer.

Il avait toujours été supposé succéder à son père si celui-ci venait à disparaître. Après avoir passé vingt ans de sa vie au service de ce tyran, Xander estimait avoir mérité de prendre la direction de Mytikas Holdings. Mais visiblement, son géniteur avait changé d'avis au dernier moment. Le connaissant, ce genre de revirement n'avait rien d'étonnant, au fond. Avant de partir, Zeus lui avait laissé un cadeau empoisonné, histoire de continuer à le manipuler depuis sa tombe.

Cela faisait bien longtemps que Xander avait renoncé à

gagner l'affection ou l'approbation de celui qui avait ignoré son existence durant dix-neuf ans. Mais jamais il n'aurait imaginé que Zeus lègue son empire au premier de ses fils qui se marierait et resterait marié pendant une année.

Il poussa un juron étouffé et vérifia son emploi du temps sur sa tablette. Il ne demandait jamais à ses employés de travailler le week-end, mais ces dernières semaines, depuis le début des négociations avec le Japon, les dimanches après-midi représentaient une exception. Si Xander avait choisi de se marier un dimanche, c'était parce que son emploi du temps en souffrirait moins. À la différence de son père, qui avait paru jouir uniquement du statut associé à son titre de P-DG, lui-même avait toujours trouvé du réconfort dans son travail.

Dès son plus jeune âge, il avait été doué pour remarquer des détails qui échappaient aux autres et pour trouver des solutions toutes simples à ce que la plupart des gens considéraient comme des problèmes compliqués. Adolescent et vivant dans la misère à Athènes, il était une énigme pour les autres, et un adversaire redoutable tant aux échecs qu'au football. Il adorait apprendre et gagner.

Mais récemment, ses atouts s'étaient transformés en handicaps, ses ennemis l'accusant de manœuvres sournoises et comparant ses succès à ceux de son père corrompu.

Alors qu'en réalité Xander se contentait d'être à l'affût, de prêter attention à tout et en toutes circonstances. Rien ne lui échappait. Dons auxquels il fallait ajouter des nerfs d'acier et, jusqu'à présent du moins, un instinct infaillible. Par conséquent, rien d'étonnant à ce que, lorsqu'il s'était vu confronté à un obstacle l'empêchant d'atteindre son but, il ait trouvé aussitôt une solution simple et facile.

Priya Davidson-Khan avait besoin d'un mari pour accéder à son propre héritage, aussi l'avait-il rencontrée à plusieurs occasions et il avait été séduit par son approche professionnelle et pragmatique d'un tel mariage factice. Appartenant en outre à la haute société, elle aiderait Xander à s'élever dans les sphères qui lui demeuraient encore fermées. Il était donc prêt à vivre harmonieusement avec elle pendant un an, et pas une minute de plus. Leur divorce serait aussi harmonieux que leur mariage. Tout était planifié d'avance.

La victoire n'était plus qu'à deux pas. Lorsque Xander se fixait un objectif, rien ne se mettait en travers de son chemin. D'habitude.

Mais cette fois, c'était différent. Il ne s'agissait pas d'un problème matériel ou juridique qui se réglait en un tournemain. Il s'agissait d'une personne. Or les êtres humains avaient tendance à faire des histoires, à revendiquer leur autonomie à tort et à travers, et le droit de changer d'avis pour un oui ou pour un non, même à propos d'une chose aussi importante que le mariage.

Une sensation de vertige le gagna. Il y avait tellement de choses en jeu, tellement de risques que l'un de ses frères lui mette des bâtons dans les roues et lui prenne tout ce pour quoi il avait travaillé si dur depuis vingt ans.

Il avait fait tant de sacrifices, renoncé à tant d'aspirations pour se conformer à ce que Zeus exigeait de lui. Mais il avait beau s'être battu bec et ongles pour prouver sa valeur… il n'était toujours pas assez bon. Il ne l'avait jamais été. Et il devait continuer à se battre.

Lorsque le véhicule arriva devant le haut immeuble de verre de Lexington Avenue où se trouvait le siège de Mytikas Holdings, la pluie tombait un peu moins dru. Xander pénétra bientôt dans l'immense atrium et leva les yeux vers l'imposant portrait de son père qui le regardait de haut. Une froide détermination l'envahit en dépit de sa fatigue. Il ne baisserait pas les bras au premier obstacle, même si, avec l'intervention d'Eros, la réussite lui paraissait soudain beaucoup plus incertaine.

Il prit l'ascenseur privé conduisant au dernier étage, où son équipe gérait les affaires courantes. Quelques employés étaient à leur poste, certains devant leur ordinateur, d'autres se déplaçant dans le vaste espace ouvert. Quatre mois plus tôt, Xander avait été rappelé des bureaux européens pour prendre le relais pendant que Zeus récupérait des forces. Les actionnaires et les membres du conseil d'administration étant déjà au courant d'une partie des agissements douteux du P-DG, ils avaient réservé un accueil mitigé à son successeur intérimaire.

Quant aux plus proches collaborateurs et collaboratrices de Zeus, ils lui restaient entièrement dévoués, attachés à ses méthodes archaïques et résistant aux changements que Xander essayait de mettre en place, et que son père n'aurait pas approuvés.

Luttant contre la migraine, il s'assit dans son fauteuil, souleva son téléphone et appuya sur la touche une à laquelle correspondait un simple nom, « Quinn », puis attendit la voix familière à l'accent irlandais reconnaissable entre mille.

Quand il atterrit sur la boîte vocale, il contempla l'appareil avec incrédulité. Quinn répondait *toujours* à ses appels, même le week-end.

Xander raccrocha, rappuya sur la touche et tomba à nouveau sur la boîte vocale. Les mâchoires crispées, il se repassa mentalement leurs dernières conversations. Elle avait paru tendue et distraite, depuis la mort de Zeus. Il serra les dents et rappuya sur la touche « Quinn ».

Une seule personne avait été au courant de tous les détails de son mariage – il n'avait pas eu le choix –, Pandora Quinn, laquelle avait été auparavant l'assistante personnelle de Zeus pendant deux mois avant que celui-ci ne tombe malade. Obligé de se retirer quelque temps, Zeus avait tenu à ce qu'elle travaille pour Xander.

Finalement, Zeus n'avait jamais remis les pieds dans son bureau. Sa maladie avait duré quelques mois, mais personne n'aurait imaginé qu'un homme connu pour sa capacité hors norme à dominer le monde des affaires puisse être anéanti par un banal arrêt cardiaque survenu au cours d'une opération de routine.

Du jour au lendemain, Xander s'était vu propulsé à la tête d'une entreprise tentaculaire, fonction l'amenant par ailleurs à diriger tout le personnel du dernier étage qui comprenait entre autres la talentueuse Pandora Quinn... laquelle devait être présentement coincée dans un embouteillage...

Chassant l'image malvenue qui surgissait dans son esprit, il appela la réceptionniste de service le week-end et lui demanda de venir dans son bureau.

Elle apparut aussitôt sur le seuil et s'avança lentement vers lui avec appréhension. Subir le règne tyrannique de Zeus pendant des années, ça laissait des traces.

— Je n'arrive pas à joindre Pandora Quinn, dit calmement Xander. L'avez-vous vue ce week-end ?

— Pandora... ? Mais... elle a donné sa démission, monsieur.

— Pardon ? fit-il, estomaqué.

— Je... je croyais que vous le saviez, se justifia la réceptionniste à la hâte.

Au fil des années passées à travailler pour Zeus, Xander avait appris à dissimuler ses réactions. Il venait d'être humilié publiquement par sa fiancée - ou, plus exactement, son *ex*-fiancée - et avait à peine haussé un sourcil. Mais cette nouvelle lui fit un si grand choc qu'il se raidit malgré lui de la tête aux pieds et s'agrippa au bureau de toutes ses forces.

— Quand est-ce arrivé ? demanda-t-il en se ressaisissant. Et pourquoi n'en ai-je pas été informé ?

— Vendredi soir. Je l'ai su parce que je passais devant le bureau du DRH à ce moment-là, expliqua la réceptionniste d'une voix légèrement tremblante. J'ai l'impression qu'elle avait attendu délibérément que la plupart des employés soient partis. Cela ne m'étonne pas d'elle. Je l'ai toujours trouvée un peu bizarre...

— Ce sera tout, l'interrompit-il sèchement en se levant.

Puis il passa devant elle et se dirigea vers l'espace réservé aux assistantes personnelles du P-DG.

Là, deux grands bureaux occupaient chacun une alcôve. Le bureau de droite était celui de sa secrétaire, une femme d'âge mûr qui gérait les appels téléphoniques avec une efficacité redoutable. Son bureau était bien rangé et ne présentait aucune particularité. Celui de gauche, d'habitude couvert de gobelets en carton vides et de post-it multicolores, avait maintenant un petit air... désolé. Ne restaient plus qu'un téléphone rouge et une chaise gris clair. Tout ce qui avait reflété le caractère de l'occupante de ce bureau avait disparu.

Xander sentit la colère monter en lui. Comment une assistante de direction professionnelle pouvait-elle donner sa démission sans même prévenir son employeur ?

Ce genre de comportement ne ressemblait pas à une femme dont l'emploi du temps était réglé aussi minutieusement que le sien. Elle avait été la seule à s'occuper de la liste d'invités et des accords de confidentialité. La presse devait être muselée au plus vite. Et pour ce faire, Xander avait besoin de Pandora. Sur-le-champ.

Sortant son téléphone de sa poche, il composa le numéro de la ligne directe du chef de la sécurité et le mit au courant de la situation en quelques mots.

— Localisez Quinn, conclut-il. Immédiatement.

Pandora Quinn s'était fréquemment rendue au manoir de Zeus Mytikas depuis qu'elle travaillait pour Mytikas Holdings, mais pas depuis sa mort. C'était étrange, de déambuler dans les couloirs de la maison d'un défunt. Mais elle avait une dernière mission à accomplir avant de disparaître.

Elle n'avait jamais enfreint la loi de sa vie, même lorsque Zeus l'avait forcée à devenir son espionne pendant quatre mois. Elle avait toujours fait de son mieux pour trahir le moins possible Xander, ou du moins se l'était-elle répété pour se rassurer. Mais en s'introduisant par effraction dans cette demeure… elle franchissait la limite de la légalité et aurait beaucoup de mal à s'expliquer si elle était prise en flagrant délit.

Les marches de l'escalier de marbre conduisant à l'aile privée où se trouvait le bureau de Zeus semblaient luire de manière sinistre. Les moulures dorées ressortaient en haut des murs bleus… Une vision d'yeux bleu saphir surgit dans son esprit, la faisant tressaillir. Pandora se pencha brièvement au-dessus de la rampe ouvragée, craignant presque de voir apparaître Xander par magie dans le grand hall.

Vacillant légèrement, Pandora reprit son équilibre avant de continuer son ascension. Sa tendance à trébucher et à tomber était devenue un sujet de plaisanterie au bureau, tout comme son fort accent irlandais et son sens de l'humour décalé. Au début, elle en avait ri avec les autres, mais au bout d'un moment elle avait trouvé cela moins inoffensif qu'il n'y paraissait et y avait même perçu une certaine malveillance.

Sans doute aurait-elle pu leur expliquer que ces traits de caractère faisaient partie des particularités liées à son neurodéveloppement, mais à quoi bon se lancer dans la description des différentes nuances du spectre de l'autisme à des gens qui, la plupart du temps, se rappelaient à peine son prénom. S'ils avaient souhaité en savoir davantage sur elle, ils lui auraient posé des questions.

Travaillant pour une entreprise interagissant avec quasiment tous les marchés financiers mondiaux, elle était souvent appelée à bosser le week-end. Mais aujourd'hui, il ne s'agissait pas d'un dimanche comme les autres. Aujourd'hui, son patron, le puissant financier grec Xander Mytikas, épousait l'une des plus riches héritières de New York.

Son *ancien* patron, corrigea Pandora en son for intérieur. Elle ne put s'empêcher de jeter un nouveau coup d'œil à sa montre numérique. 15 h 57. Le mariage devait être terminé depuis longtemps, et à présent l'heureux couple se rendait probablement à l'aéroport d'où il s'envolerait pour l'Asie, l'endroit choisi pour leur fastueuse lune de miel.

Sa poitrine se serra. Elle n'avait vraiment pas eu l'intention de révéler les détails du mariage secret de Xander, ni de parler des transactions commerciales qui y étaient liées. À personne, et encore moins à Arista Theodorou. Au sein de l'entreprise, tout le monde savait que Xander et la maîtresse attitrée de Zeus étaient entrés en guerre l'un contre l'autre dès l'instant où Zeus était tombé malade.

Pandora repoussa un nouvel assaut de culpabilité. Cette dernière étape était nécessaire. Elle avait déjà donné officiellement sa démission au DRH. Elle avait attendu jusqu'au tout dernier moment, de manière que Xander ne l'apprenne qu'à son retour. Mais c'était fait.

Ravalant la boule qui lui obstruait la gorge, elle réalisa qu'elle retenait son souffle et expira lentement, puis entreprit de chercher la chambre forte mentionnée par Arista. La maison étant complètement déserte, elle n'hésita pas à faire du bruit et à taper dans le mur pour tâcher de repérer un endroit où cela sonnerait creux. Un petit cri de victoire lui échappa quand, entendant un écho, elle découvrit un panneau secret derrière lequel se trouvait une grande porte en acier renforcé équipée d'un système de verrouillage à l'ancienne.

Les mains tremblantes, elle tourna le cadran et appuya son oreille à côté du mécanisme. Pour une fois, c'était utile d'avoir l'ouïe hyper sensible. Après quelques tentatives infructueuses, elle essaya la combinaison d'urgence concise de l'ascenseur privé du P-DG. Suffoquée, elle entendit les roues dentées s'engrener, puis vit la lourde porte s'ouvrir sur une petite pièce sombre de forme rectangulaire.

Construit à l'époque de la prohibition, le manoir regorgeait de passages secrets et de portes dérobées, lui avait dit Arista. Ce qui convenait parfaitement à un individu aussi retors et paranoïaque que Zeus.

Pandora se força à avancer. Tout en elle refusait de pénétrer dans cet espace clos, mais elle continua d'avancer. Ne trouvant pas d'interrupteur, elle se servit de la torche de son téléphone pour examiner rapidement les étagères. Les archives de Zeus recouvraient les murs et, quelque part parmi tous ces documents, il y avait la preuve qu'il avait menacé d'utiliser contre sa mère. Cette fichue preuve qu'elle essayait de récupérer depuis six mois.

La preuve dont la très estimée sénatrice Rosaline Quinn s'était obstinée à ne pas lui révéler la nature, se contentant de lui faire comprendre à demi-mot que ce document pourrait mettre un terme à sa brillante carrière. Ce qui n'avait rien d'étonnant, vu que ce cher Zeus avait été connu pour ses sales combines et ses innombrables liaisons féminines.

Six mois plus tôt, Rosaline avait reçu une invitation à un gala organisé à New York. Ravie de l'accompagner à un événement aussi glamour, Pandora avait été surprise de voir la réticence de sa mère à s'y rendre.

Elles avaient néanmoins fini par aller à New York, et

Pandora avait alors surpris une conversation privée entre le magnat grec et sa mère. Apparemment, Zeus Mytikas avait demandé une faveur à Rosaline, et celle-ci n'avait pas satisfait son attente. Quand il avait aperçu Pandora, une lueur diabolique avait traversé le regard du vieil homme et il l'avait invitée à entrer dans le salon où avait lieu l'altercation entre lui et sa mère. Pour la première fois de sa vie, Pandora avait alors voulu se prendre pour une héroïne… et s'était retrouvée acoquinée malgré elle avec le diable en personne.

Se concentrant sur sa tâche, elle continua d'explorer la pièce du regard et aperçut une rangée de casiers appuyés contre le mur du fond. Le document compromettant s'y trouvait peut-être. Il *devait* s'y trouver. Les mains tremblantes d'impatience, elle examina les boîtes d'archives classées par ordre alphabétique, lorsque la sonnerie de son téléphone retentit.

Elle reçut un tel choc qu'elle sursauta et laissa tomber une boîte sur le sol. Mais quand elle vit le nom s'affichant sur l'écran, elle se figea. Arista Theodorou. Qu'est-ce que cette femme pouvait bien lui vouloir, maintenant ?

La voix d'Arista lui agressa le tympan, l'obligeant à écarter l'appareil de son oreille.

— Je tenais à vous remercier pour l'information, ma chère, et à vous donner en retour un conseil d'amie. À votre place, je m'éloignerais de Xander le plus vite et le plus loin possible. Le fait d'avoir été plaqué n'améliorera pas son humeur et, quand il découvrira que vous étiez impliquée dans cette histoire, cela risque de se retourner contre vous.

Plaqué ? Xander ? Que voulait-elle dire par là ? L'esprit en proie à une confusion totale, Pandora carra les épaules et contempla son téléphone.

— Je ne sais pas de quoi vous parlez, mais je n'étais pas *impliquée* dans le sens où vous l'entendez. C'est vous qui m'avez piégée et amenée à vous révéler des informations confidentielles concernant l'arrangement passé entre Xander et sa fiancée.

Sur ces mots, elle mit fin à l'appel puis resta un long moment à fixer le rectangle de métal et de plastique. Les paroles énigmatiques d'Arista tournaient en boucle dans son esprit. La culpabilité lui tenaillait le ventre tandis qu'elle s'efforçait d'ignorer le mot *plaqué*... Arista mentait, forcément. Ce genre de choses n'arrivait pas dans les mariages mondains...

Reprenant ses recherches, elle souleva une grande boîte et la ramena dans le bureau bien éclairé. À l'intérieur, il y en avait d'autres, plus petites et portant le nom de quelques-unes des plus grandes marques de joaillerie de luxe. Dans l'une des boîtes, elle trouva une montre en platine au cadran serti de diamants qui devait valoir une fortune. Pandora s'assit sur ses talons en se demandant si elle ne devrait pas renoncer. Puisque le document qu'elle cherchait restait introuvable, Xander ne risquerait pas de le trouver non plus. Alors, mieux valait peut-être s'avouer vaincue et rentrer en Irlande. Mais vu qu'en parlant à Arista elle avait rompu l'accord de confidentialité l'astreignant au secret, il pourrait très bien porter plainte contre elle, ce qui déclencherait un scandale qui éclabousserait Rosaline...

Plongée dans ses réflexions, elle tressaillit violemment en entendant soudain un bruit derrière elle. Gagnée par un pressentiment atroce, elle tourna lentement la tête et crut que son cœur allait s'arrêter de battre.

— Bonsoir, Quinn.

Immobile sur le seuil du bureau, Xander promena son regard sur la pièce, posa ses yeux bleus sur la boîte qu'elle tenait à la main, puis contempla la porte grande ouverte de la chambre forte.

— Je vous dérange, peut-être ?

Pandora réalisa trois choses en même temps. Primo, Xander Mytikas était d'une beauté dévastatrice en smoking. Secundo, il regardait maintenant les dossiers tombés sur le sol et allait probablement la faire arrêter pour tentative de vol avec effraction. Tertio, il aurait dû être en voyage de noces... et ne portait pas d'alliance.

— Est-ce pour cela que vous avez démissionné ? demanda-t-il avec calme en s'avançant d'un pas. Vous comptiez décrocher le gros lot et vous enfuir avec ?

Incapable d'articuler un son, elle secoua la tête et recula, puis baissa les yeux sur les dossiers et son regard s'arrêta sur une étiquette. Son cœur fit un bond. Le nom de jeune fille de sa mère était inscrit là, sur l'un des dossiers répandus pêle-mêle sur le sol.

Suivant la direction de son regard, Xander baissa à son tour les yeux.

— Ne-bou-gez-pas, ordonna-t-il d'une voix glaciale.

Pandora perçut la menace, mais elle ne songeait qu'à une chose : récupérer le dossier dont Zeus s'était servi pour la manipuler, la chargeant de missions horribles, la forçant à mentir et à trahir Xander, mais sans jamais lui donner la preuve promise et la gardant hors de sa portée comme une carotte. Elle en avait plus qu'assez d'être manipulée comme un pion.

Après avoir joué le rôle de l'assistante docile et soumise pendant six mois, elle avait atteint ses limites et savait qu'elle n'obéirait pas à Xander. Elle était venue là pour se libérer et libérer sa mère, et elle ne renoncerait pas sans se battre.

Elle bondit et traversa la pièce, dérapa sur le sol lisse de la chambre forte mais réussit à ne pas perdre l'équilibre, se pencha au-dessus des dossiers et saisit celui dont elle avait besoin. Au moment où elle se redressait et se retournait, prête à repartir en sens inverse, deux grandes mains chaudes se refermèrent sur ses épaules.

Peut-être était-ce à cause de la pénombre régnant dans l'espace réduit, ou de la tension accumulée tout l'après-midi qui exacerbait son hyper sensibilité... Pandora sentit quelque chose monter en elle, son corps eut un réflexe de pure autopréservation. Comme au ralenti, elle vit son propre poing se lever, avant de redescendre en dessinant un arc parfait droit vers le nez de Xander Mytikas.

Un son guttural franchit ses lèvres sensuelles en même temps qu'il esquivait adroitement le coup et que Pandora, horrifiée, se demandait comment elle avait bien pu tenter de le frapper.

L'instant d'après, ils tombaient tous les deux, elle en arrière, lui en avant.

Elle s'entendit crier, sentit le dossier sous son dos, puis leva les yeux et croisa le regard bleu saphir de Xander. Il la dominait, appuyé sur les mains, son torse musclé se trouvant à quelques centimètres de son buste, et l'espace d'une seconde plus rien n'exista que les battements conjugués de leurs deux cœurs. Le souffle de Xander lui caressait le visage, ses narines frémissaient, il avait les pupilles dilatées et sombres, probablement à cause de la colère qui bouillait en lui.

Au moment où il entrouvrit les lèvres pour parler, la pièce devint soudain encore plus obscure. Tendue à craquer, Pandora tourna la tête juste à temps pour voir disparaître le dernier filet de lumière provenant du bureau tandis que la porte de la chambre forte se refermait bruyamment.

2

Pandora sentit Xander se raidir de la tête aux pieds. Son corps pesa un quart de seconde sur le sien, avant qu'il se redresse d'un mouvement fluide et s'éloigne, sans doute en direction de la porte. Profondément troublée par ce contact physique, elle se releva à son tour et s'avança à tâtons dans le noir.

— Vous pouvez être fière de vous ! rugit Xander en tapant du poing contre la porte.

— Pardon ? répliqua-t-elle, choquée. C'est vous qui m'avez suivie dans cette pièce.

— Parce que vous y étiez entrée par effraction, marmonna-t-il entre ses dents.

Elle l'entendit tapoter les murs, probablement à la recherche d'un interrupteur, puis pousser un juron étouffé.

— Mon téléphone est sur le bureau, dit Pandora avec calme. Vous avez le vôtre ?

— Si je l'avais, croyez-vous que je chercherais un éventuel système d'ouverture de ce côté-ci ?

L'obscurité était totale, seuls les sons demeuraient des repères fiables. Elle entendit Xander se déplacer dans un léger bruissement d'étoffe, et soudain la petite pièce fut éclairée par une lumière blanche. Il avait trouvé l'interrupteur qu'elle avait cherché en vain, et se tenait à quelques pas, adossé au mur, le regard étincelant de fureur.

— Apparemment, nous sommes coincés ici jusqu'à ce que ma chauffeure réalise que je tarde à revenir et appelle la sécurité. Mais je devrais sans doute me réjouir de me retrouver seul avec vous.

L'esprit de Pandora buta sur ces paroles. Que voulait-il dire, exactement ? Au même instant, il écarta une chaise du mur et la poussa au centre de la pièce, là où la lumière était la plus vive.

— Asseyez-vous. Nous ne sortirons pas d'ici avant un moment.

Elle contempla le siège en se mordillant la lèvre. Mais puisqu'elle ne pourrait pas échapper à cette conversation, autant en finir maintenant.

Quand elle s'avança vers Xander, elle sentit son regard perçant suivre le moindre de ses gestes avec la même acuité que d'habitude. Sauf que maintenant il se méfiait d'elle.

— Donnez-le-moi, dit-il en désignant le dossier qu'elle avait glissé sous son bras.

Sans lui laisser le temps de réagir, il tendit la main et s'en empara. Atterrée, Pandora baissa les yeux sur le dossier noir en essayant de dissimuler sa consternation puis, raide comme un automate, elle passa à côté de Xander et alla se réfugier au fond de la pièce. Elle ne le voyait pas comme une menace, pas physique, en tout cas, mais être l'objet de ce regard acéré était encore plus périlleux que toutes les choses horribles qu'elle avait été obligée de faire durant ces derniers mois. Et dont, sans le savoir, Xander avait payé le prix.

Mais s'il ouvrait ce dossier... elle ne pourrait plus lui mentir. Ce qui ne signifiait pas pour autant qu'elle serait capable de le regarder dans les yeux quand il apprendrait la vérité.

Xander n'ouvrit pas le dossier. Il se contenta de le poser par terre entre eux, le regard presque noir.

— Vous voyez, Quinn..., commença-t-il d'une voix doucereuse. En théorie, vous n'êtes plus mon employée ; par conséquent, vous auriez dû renoncer à votre habilitation de sécurité dès l'instant où vous avez remis votre lettre de démission au DRH. Autrement dit, nous nous retrouvons dans une impasse. Aussi, dès que l'un de mes agents de sécurité nous aura localisés et libérés, ou bien il vous emmènera au commissariat le plus proche... ou bien vous me dites la vérité maintenant et vous m'expliquez ce que vous faisiez ici. À vous de choisir.

À dire vrai, la perspective d'être embarquée à bord d'une voiture de police était à peine moins terrifiante que celle de révéler la vérité à l'homme qui se trouvait devant elle.

Pandora avait l'impression d'enchaîner les erreurs et d'essayer ensuite de les réparer, de gagner du temps pour trouver un moyen de revenir sur des paroles prononcées trop vite, ou se dépêtrer de choix qu'elle avait faits sans réfléchir aux conséquences que cela pourrait entraîner. Elle ferma les yeux pour essayer de se détendre un peu. Elle se sentait si lasse.

Jouer le rôle de l'assistante bien organisée et polie jour après jour avait représenté une tâche bien plus ardue qu'elle ne l'avait présumé.

Brusquement elle réalisa qu'ils étaient seuls tous les deux ailleurs qu'au bureau, comme le jour de leur première rencontre... Elle s'efforça de ne pas penser à ce moment. Cela ne l'aiderait pas à affronter la situation présente.

— Zeus m'avait promis de me donner quelque chose, s'entendit-elle dire comme si sa voix venait de l'extérieur. Et Arista était au courant, mais elle ignorait de quoi il s'agissait. Quand elle m'a parlé de la chambre forte il y a quelques jours, j'ai cru qu'elle le faisait par gentillesse, mais je me suis rendu compte après coup qu'elle m'avait manipulée pour que je lui révèle l'information dont elle avait besoin.

Xander tiqua imperceptiblement.

— Arista vous a-t-elle dit ce qu'elle comptait faire de cette information ? répliqua-t-il d'un ton neutre.

— Non, murmura Pandora, mortifiée. Mais je sais qu'elle a réservé un vol pour Athènes le lendemain après-midi.

— Elle est donc allée voir personnellement Eros. Bon, il est son fils...

Le rire dur qui franchit les lèvres de Xander résonna sinistrement dans la pièce.

— Pourquoi Arista se serait-elle donné autant de mal rien que pour gâcher votre mariage ? demanda Pandora dans un souffle.

Il émit un son étouffé, mi-soupir mi-grognement.

— Je sais hélas de quoi elle est capable. La haine qu'elle me voue est sans limites, et elle a voulu qu'Eros profite de ce que j'allais perdre.

Se détournant, il se mit à marcher de long en large comme un ours en cage, la rage exsudant de toute sa haute silhouette.

— Il semblerait qu'avant de mourir mon père se soit montré particulièrement charitable, poursuivit-il. Que vous avait-il promis que vous espériez trouver ici ? De l'argent ? Des bijoux ? Des œuvres d'art d'une valeur inestimable ?

Pandora s'interdit de se défendre. Parce qu'elle ne pouvait pas savoir si Xander était au courant du chantage exercé contre sa mère. Et même s'il ne l'était pas, elle ne pouvait pas être certaine qu'il n'utiliserait pas l'information contre Rosaline. Refusant de prendre le moindre risque, elle se contenta de hausser une épaule en priant pour qu'il n'insiste pas.

— Vous devez bien savoir que, quel que soit ce que vous

auriez pris dans cette maison, que cette chose vous ait été promise ou non, il se serait agi d'un vol.

— Je ne suis pas une criminelle, déclara-t-elle avec force.

Il la dévisagea en haussant les sourcils.

— C'est un peu fort, pour quelqu'un qui vient d'être pris la main dans le sac après être entré par effraction dans cette chambre forte. Sans parler de la rupture de l'accord de confidentialité que vous aviez signé et du fait que vous ayez aidé Arista à convaincre ma fiancée de s'enfuir.

Accablée, Pandora ferma de nouveau les yeux. Impossible de révéler que Zeus lui avait fait du chantage durant six mois sans compromettre la réputation de sa mère.

Le monde parut se rétrécir autour d'elle tandis que seul le bruit de sa propre respiration lui parvenait, comme amplifié. Les grandes mains chaudes se posèrent à nouveau sur ses épaules, la ramenant au présent et la faisant tressaillir.

— Détendez-vous, Quinn. Respirez.

Le visage de Xander lui apparut dans une sorte de flou au milieu duquel ressortaient ses yeux bleus. Elle obéit. L'air emplit ses poumons, et petit à petit la sensation d'oppression disparut.

Ignorant délibérément les ondes qui parcouraient tout son corps, elle fixa la porte qui se trouvait sur la gauche de Xander. Il fallait absolument qu'elle se ressaisisse, parce que, sinon, elle serait incapable de prononcer la moindre phrase cohérente. Or elle devait parler à Xander et l'amener à l'écouter.

Pandora se mordit la lèvre et se résolut à soutenir son regard.

— J'ignorais totalement qu'Arista envisageait d'empêcher votre mariage. Je vous le jure, Xander.

— Ah ? Et que pensiez-vous qu'elle ferait de l'information que vous lui aviez donnée, bon sang ?

— En général, je ne connais les intentions des gens qu'après qu'ils ont agi.

À sa grande surprise, il ne répliqua pas par une remarque sardonique ou cinglante. Il se contenta de la contempler de ce regard déconcertant qui la déstabilisait toujours, comme s'il lisait dans ses pensées les plus intimes.

— Il n'en reste pas moins que vous avez rompu un accord de confidentialité et trahi ma confiance en croyant les mensonges d'Arista Theodorou. Et… il semble que vous l'ayez fait pour rien.

Ses paroles restèrent en suspens dans l'air, lourdes, intenses, tandis que Xander la regardait en fronçant les sourcils et que, incapable de prononcer un mot, Pandora acquiesçait d'un hochement de tête.

Mais quand il se détourna, sa honte redoubla. Quelques jours plus tôt, le jeudi soir, elle avait failli lui parler d'Arista après la vidéoconférence avec l'équipe d'Osaka qui se démenait pour négocier un accord crucial avec Tanaka Corporation. C'était parce qu'elle maîtrisait parfaitement le mandarin et le japonais que Zeus l'avait embauchée comme assistante. Et qu'ensuite il l'avait littéralement *imposée* à Xander quand celui-ci était arrivé d'Europe. Elle avait accès à tous ses appels et à tous ses e-mails depuis qu'il avait repris la direction de Mytikas Holdings. Zeus l'avait choisie pour travailler en étroite collaboration avec son fils parce qu'il voulait qu'elle l'espionne pendant que lui devait rester cloîtré dans son grand manoir pour se reposer.

— Je peux vous aider à retrouver Priya. Je peux tout lui expliquer, proposa-t-elle avec un sourire forcé. Et puis, elle a peut-être cédé à un accès de nervosité prénuptiale…

— Vous ne vous rendez vraiment pas compte de ce que cela signifie, n'est-ce pas ? l'interrompit Xander d'un ton irrité en se passant la main dans les cheveux.

— Je m'en rendrais mieux compte si vous daigniez me l'expliquer ! s'exclama-t-elle en levant les yeux au ciel.

Il s'immobilisa et fronça les sourcils.

— Si je... *daignais* vous l'expliquer ?

— Oui, c'est bien ce que j'ai dit, repartit Pandora en redressant le menton. Nous pouvons la retrouver, Xander, et je lui expliquerai le rôle que j'ai joué dans cette histoire. Laissez-moi faire... Je peux tout arranger.

— Il est trop tard. L'information que vous avez fait fuiter mentionnait entre autres des avenants apportés au contrat de mariage à l'insu de ma fiancée. Priya s'est enfuie quasiment à l'instant même où mon frère l'a mise au courant.

Elle le dévisagea avec stupeur. Avait-il vraiment tenté de tromper *intentionnellement* Priya ? Ce mariage était certes un pur arrangement d'affaires, pas une histoire d'amour, mais Pandora avait attribué cela à la réserve de Xander. Ils avaient travaillé des heures ensemble sans qu'elle puisse jamais entrevoir ce qui se dissimulait derrière la façade du P-DG distant et maître de lui-même.

— Vous n'avez rien à dire ? lança-t-il d'un ton mordant. Vous ne vous empressez pas de me défendre ?

— Je... je ne prétendrai pas savoir comment vous gérez votre... boussole morale, Xander. En revanche, je sais que, lorsque vous voulez atteindre un objectif, vous préférez l'approche directe à la supercherie.

— Je prends cela pour un compliment, Quinn, dit Xander en s'efforçant de rassembler ses pensées. Non. Je n'ai pas essayé de tromper délibérément Priya. C'est son oncle qui a finalisé le contrat, et j'ai été informé qu'elle approuvait toutes les dispositions qu'il contenait. Mais de toute évidence, elle ignore ce détail. Non que cela ait une quelconque importance, désormais, puisque la dernière fois qu'elle a été vue elle s'enfuyait avec mon frère.

— Elle est vraiment partie comme ça ? Elle vous a abandonné devant tout le monde ? demanda Pandora en plissant le front.

— Oui, elle s'est enfuie, je vous l'ai dit. Sous la pluie, en talons aiguilles et robe haute couture.

— Oh...

— Je n'avais jamais envisagé de me marier et, si je me suis résolu à le faire, c'est uniquement parce que j'y étais forcé. Nous avions cela en commun, Priya et moi. Il s'agissait pour nous d'un strict arrangement d'affaires. Un contrat mutuellement bénéfique et que je croyais sans faille.

— Oui, mais vous n'étiez peut-être pas obligé d'épouser une femme que vous connaissiez à peine...

— Il faut que je vous donne quelques explications, en effet, soupira Xander. Vous savez comme tout le monde que ma mère était la secrétaire de Zeus à Athènes. Il l'a payée grassement pour que mon existence soit tenue secrète. Jusqu'à ce qu'il apprenne qu'il était devenu stérile et décide de partir à la recherche de ses enfants illégitimes pour perpétuer sa précieuse lignée.

Il s'interrompit, suffoqué de se livrer aussi facilement à Pandora, mais poursuivit néanmoins.

— J'avais dix-neuf ans lorsqu'il m'a retrouvé et, à ce moment-là, ma mère avait disparu depuis longtemps. Alors, quand il m'a offert une chance de faire quelque chose de moi, je l'ai saisie. J'ai intégré l'entreprise et gravi tous les échelons. J'ai fait tout ce qu'il a voulu, jusqu'à ce que je me retrouve tout en haut de la pyramide et qu'il m'accepte comme son bras droit, et me confie la branche européenne de l'entreprise. Et que décide-t-il ensuite, ce salaud, après m'avoir fait revenir ici et m'avoir confié la direction de l'entreprise en son absence ? Il me lance un défi absurde, au risque de me dépouiller de l'héritage auquel je suis en droit de prétendre parce que je l'ai mérité.

— Ce... Votre mariage... c'est à cause de Zeus ?

— Il a laissé un testament-surprise, dit Xander d'un ton sarcastique. Le premier de ses trois fils illégitimes qui se mariera et restera marié pendant un an... héritera de tout.

— Et vos frères ? Ils sont au courant de cette clause ?

— Oui. Eros a toujours juré comme moi qu'il ne se marierait jamais. Il ne s'est jamais soucié de la fortune de notre géniteur mais, s'il a l'occasion de se venger de moi... Bref, si je ne veux pas m'avouer vaincu, j'ai intérêt à me trouver rapidement une autre fiancée.

— Vous pouvez compter sur moi, déclara Pandora.

Une légère roseur colora ses joues tandis qu'elle baissait un bref instant les yeux.

— Je voulais dire que je peux vous aider à trouver une remplaçante, pas vous épouser.

Ah... dommage, songea fugacement Xander. Si elle s'était proposée comme remplaçante, cela lui aurait facilité la tâche, bien sûr, mais il n'aurait jamais pu accepter. Non seulement il savait maintenant que Pandora Quinn n'était pas fiable, mais elle était en outre son employée. Or il n'entretenait jamais de relations amoureuses avec ses employées. Même si, dans ce cas précis, il s'agissait d'une mascarade.

Cependant... Pandora ayant démissionné, elle n'était plus son employée. Et non seulement son mariage était tombé à l'eau à cause d'elle, mais il l'avait surprise dans la chambre forte de Zeus où elle était entrée par effraction et s'apprêtait à voler un dossier qu'elle voulait récupérer pour des raisons qui restaient à élucider. Il aurait menti en disant qu'il n'avait pas choisi Priya parce qu'elle lui permettrait d'accéder aux plus hautes sphères de la société, mais cet aspect des choses pouvait être mis de côté pour l'instant.

Dans l'immédiat, il avait besoin d'une fiancée, point final. Une femme qu'il puisse supporter pendant douze mois.

Il contempla celle qui se tenait devant lui en même temps qu'une nouvelle stratégie se mettait en place dans son esprit.

— Vous préférez éviter de pâtir des conséquences de vos erreurs, Quinn ? Eh bien, je vous offre la possibilité de passer un accord avec moi, si vous êtes disposée à accepter mes conditions.

— Un accord ? répéta-t-elle en plissant le front.

— Dans cette histoire, ce n'est pas moi le méchant. C'est *vous* qui avez tout fichu en l'air, Quinn.

— Quel genre d'accord ? demanda-t-elle, l'air méfiant.

— Il s'agit d'une nouvelle affectation, en quelque sorte. D'un contrat de douze mois, impliquant des voyages occasionnels et des apparitions publiques mais, à part cela, cela consisterait principalement à garder profil bas.

— Ça ressemble à une blague, dit-elle lentement, l'air de plus en plus suspicieux. Où est le piège ? Et quelles sont vos conditions ?

— Il n'y a pas de piège. Si vous acceptez ma proposition, vous deviendrez ma femme.

3

Pandora éclata de rire, ce fut plus fort qu'elle. Mais il n'y avait aucune gaieté, dans son rire. Seulement de la nervosité et de la crainte. Comme lorsque quelqu'un faisait une plaisanterie et que tout le monde riait mais qu'elle ne comprenait pas pourquoi. Cependant, Xander ne plaisantait jamais. Pas avec elle, du moins. C'était d'ailleurs pour cela que parler avec lui n'était pas stressant. Il ne s'embarrassait pas de phrases inutiles et s'exprimait toujours avec franchise. Raison de plus pour savoir qu'il aurait été incapable de tromper Priya.

Il ne réagit pas. Il l'observait en silence, attendant une réponse à sa proposition ridicule. À supposer qu'il s'agisse d'une vraie proposition.

— Quinn, commença-t-il, les mâchoires crispées. Je viens de vous demander si vous vouliez m'épouser.

— Vous ne me l'avez pas demandé. Vous m'avez fait une proposition qui *m'obligerait* à vous épouser, ce n'est pas la même chose.

Inconcevable d'imaginer, ne serait-ce qu'une seconde, qu'elle puisse remplacer son ex-fiancée. Pandora avait rencontré Priya Davidson-Khan une seule fois, lorsque celle-ci était venue avec son oncle signer des papiers au bureau. Tous les employés du dernier étage, elle y compris, avaient été subjugués par l’assurance et la classe de la jeune femme. Priya n’était pas seulement belle, elle était… parfaite. Intelligente, cultivée et très au fait des leurres des milieux huppés dans lesquels Xander désirait s’introduire. En résumé, elle était tout le contraire de Pandora.

Un homme comme Xander Mytikas ne choisirait jamais une femme aussi zarbi et inclassable qu’elle.

Elle se rappela ce matin-là, durant la première semaine où elle travaillait pour lui. Impossible de rester indifférente à la proximité d’un type somptueux à la carrure impressionnante et aux yeux bleus perçants. Mais lui aussi, il l’avait remarquée, alors que, ses écouteurs aux oreilles, elle examinait sa broderie au point de croix commencée récemment. Elle était restée figée, le regard fixé sur le motif central entouré d’entrelacs compliqués, mais en regardant Xander du coin de l’œil, troublée d’être la cible de ce regard implacable alors qu’elle était convaincue de n’avoir rien fait de mal.

Peut-être avait-il besoin de quelque chose ? s’était demandé Pandora en essayant de se détendre. Et c’est là que tout avait foiré, comme cela se produisait quand elle ne savait comment interpréter l’attitude d’autrui. Au lieu de lui poser la question poliment, elle l’avait lancée d’un ton dur et accusateur.

Quand elle avait levé les yeux de son canevas et croisé le regard de Xander, elle y avait vu de l’irritation et de l’impatience.

Au cours des semaines suivantes, elle avait fait de son mieux pour l’éviter, mais il semblait être partout. Dans les réunions auxquelles elle assistait en tant que traductrice-interprète, Pandora avait remarqué qu’il s’exprimait en termes clairs et concis, allant droit au but et sans détour. Il ne l’aimait pas, c’était évident, et pourtant elle se sentait bien avec lui. Et surtout, elle ne ressentait pas le besoin de faire des efforts – ce qui lui arrivait très rarement.

Et soudain, elle avait commencé à éprouver cette attirance familière, celle que, enfant, elle ressentait en découvrant une nouvelle langue étrangère, en l'apprenant, la décodant et se l'appropriant.

Ce qu'elle éprouvait pour lui était complètement déplacé, et dangereux, elle le savait, mais elle était devenue hyper sensible à sa présence, à sa proximité. Après s'être entendu dire pendant des années par des professeurs et des thérapeutes qu'elle devait modérer les caractéristiques les plus symptomatiques des troubles du spectre autistique dont elle souffrait, Pandora avait maintenant tendance à laisser libre cours à ses fixations. Mais jamais encore elle n'avait ressenti d'attirance aussi puissante envers un être humain. Enfin, un vrai être humain, pas un personnage de roman.

Et puisque cette attirance pour Xander avait rendu leur collaboration presque insupportable… une relation plus intime risquerait d'être fatale pour son équilibre.

— Vous ne pouvez pas me demander cela. Je vous aiderai à trouver une nouvelle fiancée, quelqu'un de plus approprié. Une femme…

Une femme qui n'était pas elle. N'importe qui sauf elle !

Il s'appuya de l'épaule contre les étagères et la dévisagea un instant en silence.

— J'ai déjà passé en revue toutes les solutions envisageables, dit-il avec un calme mêlé d'une froide détermination qu'elle ne lui connaissait pas. Cela ne peut être que vous, Quinn.

Ses paroles l'atteignirent en pleine poitrine. L'espace de quelques instants, Pandora flotta dans l'air et regarda cette scène surréaliste d'en haut.

On voyait ce genre de choses dans les films, pas dans la vraie vie. « Cela ne peut être que vous. » Pour un homme qui lui disait à peine *au revoir* en fin de journée, cela équivalait presque à une déclaration…

Elle se traita aussitôt d'idiote. Xander n'avait pas dit : « Quinn, vous êtes mon seul espoir », ni déclaré que sa vie n'aurait plus aucun sens sans elle. Il s'agissait d'un problème très sérieux et bien réel, pas d'une comédie romantique.

— Étant donné que vous m'avez déjà trahi une fois, je sais à quoi m'en tenir avec vous, poursuivit-il.

— Autrement dit, un homme averti en vaut deux, c'est cela ? répliqua Pandora, pince-sans-rire.

Il croisa les bras et la toisa d'un air supérieur et impatient qui ne fit rien pour calmer le chaos qui régnait en elle.

— Je ne peux pas, Xander. C'est peut-être la façon dont on règle ce genre de problème dans la haute société, mais votre proposition a quelque chose de louche. De pas correct, et probablement d'illégal.

— Ce qui est illégal, c'est que vous vous soyez introduite ici par effraction dans l'intention de commettre un vol. Sans parler du fait que vous avez rompu votre accord de confidentialité en confiant des informations à Arista. Je vous offre une possibilité de vous racheter. Vu le rôle que vous avez joué dans les événements récents, c'est la seule compensation que j'accepterai.

Œil pour œil, fiancée pour fiancée, traduisit Pandora.

— Vous ne seriez ma femme qu'en théorie, continua-t-il. Par conséquent, vous n'auriez qu'à apposer votre signature à côté de la mienne sur quelques documents officiels, vous installer chez moi, et vous montrer publiquement pour entretenir l'image du couple parfait.

— M'installer chez vous ? demanda-t-elle d'une voix étranglée. Je… je ne peux pas… Les gens croiraient que je suis votre… que nous sommes…

Les beaux yeux bleus s'assombrirent.

— Que nous sommes amants ? Si nous voulons que ce mariage soit crédible, nous devons leur raconter une belle histoire. Nous dirons que nos longues soirées au bureau avaient pris un tour plus intime et que, maintenant que mon mariage avec Priya est annulé, nous sommes libres de vivre notre amour et de nous marier.

Sa respiration devint saccadée. Pandora se souvint des fantasmes torrides qu'elle entretenait à propos de son magnifique boss quand elle rêvassait, assise devant son bureau – lequel bureau jouait d'ailleurs un rôle crucial dans certains des scénarios torrides qu'elle imaginait.

Xander l'observait, attendant toujours sa réponse. Elle s'éclaircit la voix, carra les épaules...

— Mais vous êtes vous, Xander. Vous êtes...

Elle désigna le corps athlétique d'un geste vague en espérant qu'elle ne rougissait pas.

— La dernière femme avec laquelle vous êtes sorti, avant Priya, a été nominée aux Oscars, pour l'amour du ciel !

— Vous suivez ma vie amoureuse ?

— Non, répondit Pandora à la hâte. Ce que je veux dire, c'est que vous n'êtes jamais sorti avec quelqu'un du bureau. En fait, quand j'ai commencé à travailler pour vous, on m'a dit que vous aviez des règles très strictes sur ce chapitre. Alors, excepté les raisons évidentes pour lesquelles je ne suis pas du tout votre type, votre plan est si ridicule, si absurde, que personne n'y croira.

— Disons que mes règles sont tombées en poussière, vaincues par la puissance de notre attirance mutuelle, dit-il en se caressant la mâchoire. Je n'ai accompagné cette actrice qu'à un seul dîner de gala – simple opération de relations publiques. En général, je suis beaucoup trop occupé pour sortir avec quiconque, Quinn. C'est pour cette raison que j'ai dû élaborer un plan d'action pour me trouver une épouse.

— Vous voulez dire que vous n'êtes pas conscient qu'il y a un million de femmes qui sauteraient sur l'occasion ?

— Je suis milliardaire, c'est normal. Mais envisager un mariage authentique impliquerait une forme d'engagement émotionnel complexe qui n'a pas de place dans mon espace mental.

— Vous n'êtes pas un romantique, dit-elle avec calme.

En réalité, elle était tout excitée de pénétrer, un tant soit peu, dans le mental de cet homme réservé et secret.

Il fronça les sourcils et se passa la main dans les cheveux.

— Il faut que vous compreniez... En ce moment même, mes deux frères pourraient être en passe de remplir la condition imposée par mon père. Mytikas Holdings et tous mes employés sont peut-être sur le point de se voir privés de leur gagne-pain. Je suis le seul des héritiers de Zeus à me soucier de cette entreprise et des gens qui en dépendent.

Brusquement, Pandora remarqua son air épuisé. Jamais encore elle ne l'avait vu aussi las.

— Notre union serait un simple contrat d'affaires entre deux adultes consentants, poursuivit-il en s'avançant vers la chaise installée au centre de la chambre forte.

— S'il s'agissait d'un contrat d'affaires, je pourrais poser mes conditions, répliqua Pandora en le regardant s'asseoir.

Il se redressa, une expression surprise traversa ses traits, puis il croisa les bras et hocha la tête.

— Allez-y.

— J'en ai une seule.

Pandora inspira dans l'espoir de calmer les battements frénétiques de son cœur.

— Vous me rendez ce dossier et vous ne me posez plus jamais de questions à son sujet.

Il baissa brièvement les yeux sur le fin dossier, puis le fit glisser sur le sol en direction de ses pieds.

— Vous acceptez ma condition ? murmura-t-elle, méfiante.

— Je dispose de tous les enregistrements de vidéosurveillance dans lesquels on peut voir vos moindres agissements. Cela me suffit comme garantie au cas où vous vous aviseriez à nouveau de me doubler.

Sur ces mots, il se leva, la dominant de toute sa hauteur.

— Je vous demande douze mois de mariage suivis d'un divorce discret. Parallèlement à nos fonctions sociales, nous vivrons probablement des vies complètement séparées.

— Vous y avez bien réfléchi.

Ou était-ce le même marché qu'il avait conclu avec sa fiancée précédente ? Une sorte de copié-collé ? Pandora ne pouvait s'empêcher de penser que ce contrat dissimulait un piège. Un danger pour son équilibre. Épouser Xander serait beaucoup plus périlleux que de fantasmer sur lui en secret. Ils vivraient sous le même toit. Leur relation serait personnelle.

Elle referma les bras autour de son buste mais, comme d'habitude, cela ne suffit pas à la rassurer. Et puis, comment pouvait-elle se laisser aller à de telles pensées ? Comme si elle envisageait d'accepter la proposition de Xander… de se plier à ses exigences… de céder à ses menaces… Ça aurait été de la folie pure.

— Tous vos frais éventuels seraient remboursés, naturellement, dit-il soudain, les mâchoires crispées.

— Vous voulez dire que vous me… rémunéreriez pour que je cesse de travailler et vous épouse ? Ce n'est pas très éthique, pour un employeur…

Il plissa les yeux, l'air prêt à bondir. Une expression si dure envahit ses traits que Pandora recula d'un pas. Mais il s'avança de deux vers elle. Il était si proche qu'elle identifia tous les composants de son eau de toilette.

— Je ne suis pas homme à profiter de mon statut d'aucune façon. À la différence de mon père, j'ai établi des limites très strictes entre moi et mes employés, hommes et femmes. Vous vous êtes impliquée dans une affaire qui ne vous regardait en rien. Je vous offre l'opportunité de vous racheter – avec ce dossier en prime.

— Je vais y réfléchir, murmura Pandora, impressionnée par l'éclat farouche couvant au fond de son regard. J'y réfléchirai ce soir et je vous donnerai ma réponse demain matin.

— Vous croyez que je vais prendre le risque de vous voir disparaître sans laisser de traces ? riposta-t-il aussi sec. J'ai déjà perdu une fiancée aujourd'hui, cela me suffit.

— Très bien. C'est d'accord, déclara-t-elle, le plus fermement possible.

— C'est d'accord ? répéta-t-il en inclinant la tête de côté. Dois-je comprendre que vous acceptez ?

— Oui. Je le ferai. Je vous épouserai.

Dès que Mina eut alerté le chef de la sécurité, des agents vinrent aussitôt les libérer, lui et Pandora, avant de les conduire à l'appartement avec terrasse situé au dernier étage de Mytikas Holdings. Ses avocats les y rejoignirent rapidement, après avoir réuni à une vitesse record les documents nécessaires. Maintenant installés autour de la table ovale de la salle de réunion, les trois hommes observaient la jeune femme blonde et mince qui étudiait le contrat dans ses moindres détails.

Traduire ce genre de documents faisant partie du travail de Pandora, son attitude n'aurait pas dû étonner Xander. Mais il ne serait tranquille qu'une fois le contrat signé. Aussi retint-il un soupir de soulagement lorsqu'elle finit par déclarer que tout était en règle et apposa sa signature à côté de la sienne aux endroits requis.

Ensuite, il insista pour l'accompagner chez elle et prit sa voiture personnelle. Le trajet se déroula dans un silence paisible qui lui rappela les soirées durant lesquelles ils avaient travaillé ensemble. Jusqu'à ce qu'elle lui demande de se garer devant un petit immeuble de pierre brune à l'aspect quelconque mais sur lequel ressortait une porte laquée d'un beau violet vif. Pandora ne l'invita pas à entrer, ce qui n'aurait pas dû le contrarier. Et pourtant, Xander fut troublé d'avoir travaillé avec elle durant plusieurs mois sans s'être jamais soucié de savoir où elle vivait.

Une fois rentré à l'appartement, il passa le reste de la soirée à organiser le mariage. Après avoir envisagé d'appeler Pandora pour la tenir au courant, il se rappela qu'elle détestait la communication verbale et préférait de loin les e-mails ou les SMS. Plutôt atypique pour une assistante de direction, songea-t-il en se demandant encore une fois pourquoi Zeus l'avait embauchée.

Il souleva la petite pochette bordeaux contenant les papiers de Pandora. Ça avait été difficile d'obtenir son passeport comme garantie, mais il n'avait pas eu le choix. Elle l'avait regardé d'un air craintif, tel un lapin égaré loin de son terrier et se retrouvant face à un renard. Il ne se faisait aucune illusion. Elle le voyait bel et bien comme un prédateur.

Mais en dépit des craintes qu'il pouvait lui inspirer, elle avait néanmoins accepté ses conditions et était prête à jouer un rôle auquel elle n'avait pas du tout été préparée.

De son côté, il ne lui avait pas menti. Il n'avait jamais envisagé de se marier parce qu'il n'avait aucun désir de s'impliquer dans un engagement émotionnel et romantique qui mettrait en péril son équilibre personnel. Le célibat lui avait toujours convenu et, à trente-neuf ans, Xander n'aurait jamais songé à changer de statut s'il n'y avait été contraint par cette clause injuste et cruelle du testament de Zeus.

Il avait dix-neuf ans quand il avait vu une limousine d'un

beau noir brillant s'arrêter devant l'immeuble décrépit d'Athènes où il habitait alors. Pour un jeune homme se débattant avec les dettes colossales de sa mère, voir débarquer un inconnu en somptueux costume trois-pièces et se présentant comme son père, ça avait été la réalisation d'un rêve qu'il n'aurait même jamais osé imaginer. Et lorsque ce père tombé du ciel lui avait proposé de faire des études dans un établissement de réputation internationale et lui avait fait miroiter un avenir mirifique, Xander n'avait pu résister. Après avoir remboursé les dettes de sa mère, il avait tourné le dos à son passé sans un regard en arrière.

Peu de temps après, il avait appris qu'il avait deux frères. Descendant d'une famille de richissimes aristocrates italiens, Nysio Bacchetti était par ailleurs un type brillant. Quant à Eros Theodorou, le fils d'Arista, ayant grandi parmi la haute société grecque, il présentait les qualités attendues de l'héritier de Zeus. Xander avait beau être l'aîné des trois fils illégitimes, il avait vite compris qu'il n'avait pas été choisi pour succéder à son père.

La puissante famille Bacchetti avait menacé de mort quiconque oserait faire allusion au lien de leur fils avec les Mytikas, ce que Xander n'avait su qu'après qu'un exemplaire de ce maudit testament eut été envoyé au plus jeune de ses frères. Celui-ci étant clairement désigné comme un héritier potentiel, Xander s'était attendu à une riposte instantanée de sa part. Au lieu de cela, l'attaque était venue d'Eros, son frère cadet, qui n'était pas un étranger pour lui.

Ils avaient commencé leur ascension au sein de l'entreprise à quelques années d'écart et avaient même travaillé ensemble pendant un certain temps. Jusqu'à ce qu'Eros quitte Mytikas Holdings dans la tourmente d'un scandale. Situation dont il jugeait son frère aîné responsable, et à juste titre. Xander refoula la culpabilité qui l'assaillait. En dépit de ce que Zeus avait pu penser de lui, il avait été le seul à rester à ses côtés.

Une fois au lit, les pensées continuèrent à tournoyer dans son esprit si bien que, comme souvent, il ne put trouver le sommeil. Il avait trop de choses en tête, trop de préoccupations. Lorsque le jour se leva, Xander était déjà installé devant son bureau et contemplait la mince enveloppe brune apportée par coursier. À l'intérieur se trouvait la bague de fiançailles offerte à Priya. Sans le moindre mot ni la moindre explication. La restitution de la bague suffisait sans doute à elle-même.

S'il pouvait se fier à la vidéo, il savait déjà où était partie Priya ou, plutôt, avec qui elle était partie. Eros était un adversaire insaisissable qui ne reculerait devant rien pour se venger de ceux qui lui avaient causé du tort. Xander le savait. Ce qu'il avait fait quinze ans plus tôt avait transformé leur lien fraternel en quelque chose d'hostile et de dangereux. En revanche, il avait été stupéfait d'apprendre que Nysio Bacchetti avait lui aussi été repéré à Manhattan. Nysio n'avait pas besoin de l'héritage de Zeus ; il avait une fortune personnelle et la réputation de sa famille à protéger. Toutefois, il était fort possible que le riche Italien ait vu dans le testament une promesse non tenue – manquement qui, dans son milieu, n'était pas pris à la légère.

Xander s'appuya à son dossier et, le regard perdu au loin, il réfléchit au fait que, dans ses efforts pour dresser ses trois fils les uns contre les autres, Zeus les avait réunis sans le vouloir dans la même ville, et sans doute pour la première fois. C'était forcément un signe, quel qu'il soit. Il resta immobile dans la même position un long moment en se demandant ce qui pourrait bien ressortir de bon de la réunion de trois bâtards n'ayant en commun que leur haine pour celui qui les avait engendrés.

4

Pandora sortit de l'ascenseur et s'avança avec appréhension en direction du vaste plateau ouvert.

Le SMS de Xander lui demandant de venir au bureau l'avait d'abord rendue perplexe. D'autant plus qu'après une nuit difficile elle s'était réveillée fatiguée et persuadée d'avoir fait une erreur colossale en acceptant ce marché absurde. Mais ensuite, elle avait réalisé qu'elle l'avait laissé en plan et qu'il la faisait sans doute venir pour qu'elle termine le travail en cours avant de quitter définitivement Mytikas Holdings.

— Bonjour ! lança-t-elle en souriant au réceptionniste qui travaillait la semaine.

Le voyant se contenter de répondre d'un bref hochement de tête avant de baisser rapidement les yeux, Pandora se rappela les paroles de la psychologue qui la suivait durant son adolescence, paroles qui avaient changé radicalement sa façon de penser.

« Tu ne dois pas cacher tes différences. Ce sont elles qui font de toi qui tu es. »

Le problème, c'était qu'à moins de passer une couche de vernis sur qui elle était les gens finissaient immanquablement par réagir à ces différences. Et pas toujours de façon positive.

Tout paraissait normal pour un lundi matin à Mytikas Holdings. Pandora n'avait rien vu concernant le mariage avorté du P-DG dans les journaux du matin. Pas étonnant ! Avec la fortune et le pouvoir associés à son nom, Xander n'avait dû avoir aucun mal à réduire les médias au silence.

Elle ne put s'empêcher de penser à la belle fiancée qui l'avait plaqué juste avant leur mariage, et elle eut un petit pincement au cœur en songeant qu'elle n'était qu'un second choix, un pis-aller. Hélas, ce n'était pas la première fois qu'elle vivait ce genre d'expérience. En outre, elle avait pris sa décision. Ne restait plus à espérer qu'elle ne se soit pas trompée.

Elle venait de s'installer à son poste lorsqu'une ombre se répandit sur son bureau en même temps qu'un murmure semblait se propager dans tout l'étage.

— Que faites-vous ?

Il lui fallut quelques instants pour afficher son masque poli. Son visage d'assistante de direction. Xander se tenait tout près d'elle, beaucoup trop près, les traits dénués de toute expression mais les yeux étincelants.

— Vous m'avez demandé de venir au bureau, non ? chuchota-t-elle, le cœur battant à tout rompre.

— Je vous ai invitée à venir en tant que *fiancée*, pas pour travailler.

Il émit un son étranglé, puis se passa la main dans les cheveux.

— Venez dans *mon* bureau, murmura-t-il en rapprochant dangereusement le visage du sien. Tout de suite.

Suffoquée, Pandora le regarda s'éloigner en tremblant comme une feuille. Tous les employés qui se trouvaient à proximité le suivirent eux aussi des yeux avant de reporter leur attention sur elle. Quelqu'un émit un petit sifflement, et la secrétaire occupant le bureau voisin la mitrailla de questions à voix basse.

Pandora maîtrisait l'art du haussement d'épaules à la perfection et depuis longtemps. Cela lui était très utile, notamment lorsque la communication verbale était impossible. Pinçant les lèvres, elle roula une épaule et prit sa tablette avant d'emboîter le pas à Xander en veillant à ne pas trébucher.

Il ralentit et, lorsqu'elle arriva à sa hauteur, il lui prit la main et l'entraîna vers son bureau tandis qu'elle entendait des halètements, juste avant que la porte se referme derrière elle.

— Qu'est-ce qui vous a pris ? Tout le monde nous regardait ! s'exclama-t-elle en dégageant précipitamment sa main.

— C'était le but, répondit-il sans s'émouvoir. Ils sont en train de jaser, convaincus que j'ai voulu dire bonjour à ma fiancée *en privé*.

— Mais…

Pandora s'interrompit brusquement et plissa le front.

— Vous leur avez déjà dit ?

— Auriez-vous oublié notre conversation d'hier soir ?

— Bien sûr que non.

— Tant mieux, car nous avons déjà signé notre contrat de mariage. Je viens d'annoncer nos fiançailles à tout l'étage. À l'heure qu'il est, la nouvelle de la fuite de mon ex-fiancée a été publiée. Et tout le monde pense que, maintenant qu'elle m'a plaqué, je suis enfin libre d'épouser la femme que j'aime. Entre vous et moi, le conseil d'administration est ravi de voir le scandale tourner à notre avantage.

— J'ai une foule de choses à faire cette semaine, répliqua-t-elle sans réfléchir.

— J'ai déjà embauché quelqu'un pour vous remplacer.

Pour la *remplacer*. Ce mot lui fit l'effet d'une gifle. Pandora n'avait jamais désiré travailler dans un bureau mais, depuis son arrivée à Manhattan, elle s'était habituée au rythme tranquille du dernier étage. Le fait de pouvoir être remplacée aussi facilement produisait en elle une impression étrange. Comme si elle s'était donné trop d'importance et redescendait brutalement sur terre.

— Cette histoire devient terriblement réelle.

— Je pensais avoir été très clair avec vous : j'ai besoin de me marier. Dès l'instant où vous avez accepté ma proposition, vous êtes devenue ma fiancée, Pandora. Et ce soir, vous deviendrez ma femme.

— Ce soir ? répéta-t-elle dans un souffle.

Il l'avait appelée Pandora. Son cœur fit un drôle de petit bond dans sa poitrine. Elle refoula l'envie de lui demander qu'il l'appelle *Quinn* comme d'habitude, qu'il la laisse continuer à traduire ses documents, gérer son planning. Au lieu de jouer le rôle de sa femme pendant un an... Mais c'était impossible, bien sûr.

— Nous nous marions ce soir ?

— Je crois vous avoir expliqué que j'étais pressé.

En effet. De son côté, elle avait été si fatiguée quand ils avaient finalisé leur contrat que, si Xander avait proposé qu'ils se marient sur la lune, elle aurait accepté.

— Tout va très vite...

Pandora se détourna, déterminée à trouver ses repères dans le bureau de Xander, mais c'était comme s'il l'occupait tout entier, avec ses larges épaules et ses cheveux coiffés impeccablement en arrière, son costume coupé sur mesure et sa délicieuse eau de toilette. Cette situation était tout bonnement ingérable.

À New York, on pouvait obtenir une licence en vingt-quatre heures, mais elle n'avait pas songé qu'il organiserait le mariage aussi rapidement. Mais bon, quand on s'appelait Mytikas et que l'on régnait sur un empire, il suffisait d'un coup de fil pour obtenir ce que l'on désirait. Elle le connaissait depuis suffisamment longtemps pour le savoir, non ?

S'autorisant à le regarder, elle croisa son regard et eut

de nouveau l'impression qu'il lisait au plus profond de son être. Comme la veille, lorsqu'ils s'étaient retrouvés enfermés dans la chambre forte.

— Vous tremblez.

Il prit sa main et la serra entre les siennes.

— Regrettez-vous déjà votre décision ?

Cette fois, Xander ne semblait plus furieux contre elle. Il avait l'air… vulnérable.

— Je ne vais pas m'enfuir comme Priya, si c'est cela qui vous inquiète.

— Tant mieux, parce que ce que j'ai dit hier reste valable, répliqua-t-il lentement en lui lâchant la main.

La vulnérabilité avait vite disparu, remplacée par cette arrogance à laquelle Pandora était plus habituée. Face à ce Xander sûr de lui et qui l'avait ulcérée bien des fois durant les quatre derniers mois, elle savait comment se comporter. S'il se transformait en être humain, elle serait complètement perdue.

— Que dois-je faire ? demanda-t-elle en repoussant les craintes qui l'assaillaient.

Elle ne sentait décidément pas à la hauteur du rôle qu'elle avait accepté d'endosser. Jusqu'à présent, sa jupe noire ordinaire et son chemisier blanc avaient convenu à son statut d'assistante, mais maintenant elle se sentait minable à côté de Xander en costume trois-pièces coupé sur mesure.

— Vous pourriez commencer par avoir l'air un peu moins terrifié, répondit-il, pince-sans-rire. Je veux que les gens nous croient follement amoureux, pas qu'ils me soupçonnent de vous garder en otage.

— Je ne suis pas douée pour… les effusions, dit Pandora avec effort.

Xander devait être mis au courant de ses difficultés.

— Je n'ai eu qu'une relation amoureuse et disons que… cela m'a valu quelques critiques.

Le visage de Xander s'assombrit, avant de redevenir impassible.

— Je n'ai pas non plus l'habitude de jouer ce genre de comédie, mais je suis certain que nous apprendrons vite les bases.

— Vous pouvez être plus précis ? Je veux dire… Pensez-vous à des choses comme… nous faire des compliments, nous tenir par la main, des trucs sentimentaux de ce genre ? Ou à… des contacts plus…

Elle s'interrompit, incapable de prononcer le mot « intimes ».

— À vrai dire, les *trucs sentimentaux*, ce n'est pas mon style, fit-il en haussant un sourcil. Je n'ai pas l'intention de vous sauter dessus en public, Pandora, mais il serait bien que nous nous touchions au moins de temps en temps.

Les yeux bleus fouillaient les siens, la pétrifiant sur place. Son pouls s'accéléra. Elle sentit la chaleur du regard de Xander descendre lentement sur son menton, sa gorge. Instinctivement, elle posa la main sur sa poitrine. Elle avait l'impression de se consumer de la tête aux pieds.

— Très bien, acquiesça-t-elle. Je ferai de mon mieux pour que cette histoire soit crédible.

— À mon avis, commença-t-il de sa belle voix au timbre de baryton, les gens y croiront… du moment que nous nous en tiendrons aux faits.

— Aux faits ? répéta Pandora, confuse.

— Nous avons travaillé ensemble pendant quatre mois, et nos longues journées se sont prolongées en longues soirées. Nous les laisserons tirer leurs conclusions eux-mêmes. J'ai toujours préservé ma vie privée et je n'ai pas l'intention de changer d'attitude.

— Cela me paraît bien, murmura-t-elle.

— Une fois que nous serons mariés et que la question de l'héritage sera réglée, tout deviendra beaucoup plus simple. Mais dans l'immédiat, je ne peux pas prêter davantage le flanc au conseil d'administration dans le conflit qui nous oppose. Ils désirent se débarrasser de moi. Je dois tirer profit de ce qui s'est passé hier, et notre belle histoire d'amour est le moyen d'y parvenir. Lorsque nous sortirons de cette pièce, personne ne doit douter de notre attachement réciproque. L'avenir de l'entreprise en dépend. Vous comprenez ?

Il se rapprocha et lui prit la main, puis sortit un petit écrin violet de sa poche et l'ouvrit.

Pandora se figea. La semaine passée, elle avait fait livrer un autre petit écrin à Priya, presque semblable à celui-ci. Craignant le pire, elle se résolut à baisser les yeux sur le coussinet de soie et laissa échapper un soupir de soulagement.

Ce n'était pas la même bague. Elle aurait été incapable de dire pourquoi, mais ce détail compta énormément pour elle.

— Vous permettez ? demanda Xander avec une douceur qui la surprit.

Après avoir hoché la tête, elle se raidit lorsqu'il voulut lui glisser la bague au doigt.

Incapable de supporter la sensation provoquée par ce contact pourtant léger, elle écarta rapidement sa main avant de se maudire en voyant l'expression de Xander. Il la regarda un bref instant en fronçant les sourcils, puis lui tendit la bague pour qu'elle l'enfile elle-même.

Le silence qui s'ensuivit fut des plus inconfortable pour Pandora, exacerbant la tension qui l'étreignait déjà. Ne trouvant rien à dire, elle se contenta d'admirer le diamant somptueux en songeant au changement monumental que sa vie était en train de subir. Terminé, les soirées tranquilles dans son appartement minuscule. Terminé, la tournée de cafés du matin. Adieu ses habitudes, ses routines. Enfin, pour un an.

— Pourriez-vous avoir l'air un peu moins misérable, Quinn ?

— Excusez-moi, dit-elle en reprenant ses esprits.

— J'ai besoin que vous donniez l'impression d'être folle de moi et de ne pas pouvoir vous passer de moi. Je vais devoir vous toucher, j'insiste, peut-être même vous embrasser. Vous croyez que vous pourrez le supporter ?

Elle inspira profondément et compta jusqu'à cinq, le temps de se ressaisir. Mon Dieu, s'il savait l'effet que ses paroles produisaient sur elle. Pandora avait été fascinée par Xander avant même qu'il ne lui adresse la parole. Ce n'était qu'une attirance superficielle, naturellement. Une fois qu'elle avait constaté à quel point il était exigeant dans le travail, voire intransigeant, elle avait pu mieux dominer cette attirance.

Mais l'embrasser... Avait-elle fantasmé ce genre de chose ? Bien sûr, des centaines de fois. Avait-elle jamais envisagé que ce fantasme puisse devenir réalité ? Certainement pas ! Elle avait à peine survécu à ses premières tentatives, au lycée. Ça avait toujours été un désastre. Elle s'était forcée à embrasser Cormac, son premier et seul petit ami, parce que c'était ce qui était attendu d'elle. Mais même lui avait fini par reconnaître qu'elle n'était pas très douée.

Alors elle s'était habituée à la monotonie de sa vie de célibataire, et maintenant un milliardaire grec à la peau superbe et aux cheveux magnifiques lui demandait s'il pouvait la toucher. Et ce supplice allait durer un an ? Elle ne tiendrait jamais le coup une heure, alors douze mois...

La nouvelle existence qu'elle s'était forgée à New York lui convenait parfaitement. Personne ne savait qui elle était ni ce qu'elle avait vécu en Irlande. Ni ne soupçonnait les difficultés qu'elle avait connues en grandissant et auxquelles elle était toujours confrontée en tant qu'adulte, même si elle savait mieux les gérer.

Mais ça aurait été déloyal de ne pas dire la vérité à Xander. En outre, si elle lui dissimulait cet aspect d'elle-même, elle se retrouverait entraînée dans une spirale infernale qui l'épuiserait. Ce serait déloyal envers lui, certes, mais aussi envers elle-même, et autodestructeur.

— Xander…, commença-t-elle après avoir inspiré à fond et fermé brièvement les yeux.

Il la dévisagea en silence, l'air attentif et bienveillant. Il était réellement disposé à l'écouter. Mais comment réagirait-il une fois qu'il saurait ?

— Il y a certaines choses que vous devez savoir. Des choses sur moi. Je n'ai pas l'intention de reculer si vous me touchez… C'est simplement que je ne suis pas habituée à avoir ce genre de… contact avec vous, dit-elle à la hâte.

Elle avait dit cela précipitamment, les joues rose vif. Elle était embarrassée, comprit Xander. Elle s'excusait. Et lui, il se conduisait comme un salaud.

— Tout va si vite, poursuivit-elle en fixant le col de sa chemise.

— Ni vous ni moi ne pensions nous retrouver dans une telle situation, Pandora. Mais nous allons devoir nous montrer ensemble. Alors mieux vaut nous y préparer.

— Vous utilisez à nouveau mon prénom, dit-elle en levant les yeux. C'est tellement… étrange, venant de vous.

Avait-il utilisé son prénom ? se demanda-t-il, ébloui malgré lui par l'éclat argenté illuminant les beaux yeux gris. Sans doute.

— Si cette répugnance pour les contacts physiques persiste, nous allons avoir un gros problème, *Quinn*.

— Il ne s'agit pas exactement de répugnance. Je suis sensible à certaines choses, voilà tout. Et je n'aime pas particulièrement embrasser, mais je pourrais m'améliorer avec le temps et un peu de pratique.

Du temps, ils n'en avaient pas beaucoup. Quant à la pratique… Xander s'éclaircit la voix et rajusta sa veste.

— Cela vous aiderait ? De pratiquer ?

Elle réfléchit quelques instants, les lèvres pincées.

— Nous pourrions toujours essayer. Par pratiquer, vous voulez dire nous tenir les mains et poser pour les photographes ? Ou… nous embrasser… ?

— Peut-être simplement nous toucher, pour commencer.

C'était sans doute une question d'ego, OK, mais il n'avait encore jamais eu à inciter une femme à le toucher, or celle-ci paraissait prête à s'enfuir en courant plutôt que de s'y résoudre.

Pandora plissa le front puis se passa le bout de la langue sur la lèvre inférieure. Elle avait toujours les joues rose vif, et il n'aurait eu qu'à pencher la tête pour prendre possession de cette belle bouche pulpeuse et sensuelle. Juste pour s'entraîner, bien sûr.

Incapable de détourner les yeux, Xander continua de fixer les lèvres tentatrices. Pandora ne bougeait pas non plus, comme s'ils étaient figés dans le temps et l'espace.

Quand il leva la main vers son visage, ses paupières aux cils impossiblement longs frémirent puis se fermèrent. La couleur de ses joues tranchait avec son teint de porcelaine. Sans réfléchir, il lui caressa la lèvre du bout du pouce et sentit Pandora vibrer tout entière. Sous les paupières closes, les yeux gris étincelaient-ils de désir ?

Il l'espéra. Il voulait qu'elle partage ce qu'il ressentait, même s'ils savaient tous les deux que cela ne mènerait à rien. Il voulait avoir l'assurance qu'il ne se trompait pas, qu'elle brûlait de désir comme lui.

Cela lui suffirait.

Mais à cet instant, sa petite fiancée timide ouvrit les yeux et ce qu'il y vit l'ébranla au tréfonds de lui-même. C'était du désir brut, pur et éclatant, qui brûlait dans les yeux gris.

La gorge sèche, Xander dut fournir un effort surhumain pour ne pas l'attirer contre lui et se consumer avec elle.

Ce n'était pas réel, se rappela-t-il. Ils devaient se préparer à affronter le public et à jouer leurs rôles. Mais Seigneur, Pandora était une actrice hors pair.

— Vous êtes si doué, chuchota-t-elle. Vous savez si bien me toucher.

Xander se raidit de toutes ses forces pour enrayer le désir primaire qui rugissait en lui et menaçait d'échapper à tout contrôle. Il avait toujours été très sélectif quant au choix de ses maîtresses, recherchant l'attirance authentique, laquelle était hélas rare. Pour être attiré par une femme, il avait besoin de stimulation mentale, pas seulement physique.

Pendant quatre mois, il s'était battu contre lui-même pour résister à tout prix à celle qui le poussait vers ce fruit défendu. Pourquoi maintenant ? Pourquoi cette femme en particulier ?

Brusquement, ces questions lui parurent dérisoires comparées à la douceur avec laquelle Pandora s'abandonnait contre lui. Puis il cessa de penser car, contre toute attente, ce fut elle qui franchit le peu de distance qui les séparait encore et posa ses lèvres douces sur les siennes.

5

Pandora en avait rêvé bien des fois, elle s'était livrée à toutes sortes de fantasmes, mais jamais elle n'avait imaginé que l'embrasser serait aussi bon, aussi... naturel.

Dès l'instant où leurs lèvres s'étaient rencontrées, ça avait été comme si elle l'avait toujours embrassé. Ce qui était ridicule. Comment aurait-elle pu avoir l'impression de l'avoir déjà embrassé ?

De toute façon, elle n'eut pas le loisir de s'interroger davantage ni de s'inquiéter car, fidèle à lui-même, Xander prit le contrôle du baiser. Il lui posa les mains sur la taille et l'attira contre lui en même temps qu'il glissait la langue entre ses lèvres avec un mélange de douceur et de fermeté.

Submergée par une myriade de sensations inconnues, Pandora se raidit malgré elle. Et alors, comme s'il savait ce dont elle avait besoin, Xander referma la main sur sa joue. Ce contact lui servit de soutien, de repère. La langue experte enlaça la sienne. Une chaleur incontrôlable se répandit dans son ventre, mais elle ne le repoussa pas. Elle ne se sentait ni menacée ni envahie par lui. Au contraire, elle brûlait de refermer les doigts sur la nuque puissante.

Incapable de résister au désir qui la tenaillait, elle leva la main et fut traversée par un frisson en découvrant la douceur des cheveux poivre et sel. Elle laissa échapper un gémissement. De nouvelles sensations l'assaillirent, pétillant dans les moindres cellules de son corps.

Xander la serra plus étroitement contre lui, mais au moment où elle sentait la preuve de son désir pour elle il recula brusquement et la lâcha.

Ils se dévisagèrent en silence, le souffle court, comme des adversaires sur un champ de bataille. En vérité, il y avait toujours eu une sorte de lutte entre eux, réalisa soudain Pandora. Un combat dont la cause lui échappait.

Elle avait toujours présumé qu'il la détestait. Mais la détestation pouvait-elle produire ce type de chaleur ?

Xander entrouvrit les lèvres et les referma aussitôt. Ses narines frémirent. Rêvait-elle, ou les hautes pommettes avaient-elles légèrement foncé ? Imaginer qu'elle ait pu troubler l'imperturbable Xander Mytikas était tout bonnement ridicule, et pourtant elle ne rêvait pas. Les hautes pommettes avaient bel et bien foncé sous le hâle.

Quant à elle-même... que lui arrivait-il ? Lorsque, adolescente, elle s'était essayée au baiser, dans le vain espoir d'être dans le coup, populaire, embrasser et être embrassée lui avait toujours profondément déplu. Aussi avait-elle vite renoncé à chercher à s'intégrer. Non qu'elle soit fermée à tout romantisme ou réfractaire au désir physique. Mais à chaque fois qu'elle avait essayé de vivre ses pulsions, elle s'était heurtée à une sorte de mur invisible. Un peu comme si elle se trouvait confrontée à une langue étrangère complètement hermétique. On la disait trop intense ou trop froide. Rien n'avait jamais été simple. Ni naturel.

Alors que ce qu'elle venait de vivre avec Xander...

— C'était mieux, dit-il d'une voix rauque avant de se détourner.

Il sortit son téléphone de sa poche et tapota l'écran.

— Nous devrons minimiser ce genre de... contact, bien entendu.

— Pourquoi ? demanda Pandora sans réfléchir.

Quelle idiote ! Elle se serait giflée.

— Parce qu'il s'agit d'un arrangement strictement professionnel, Quinn, répondit-il en fixant l'écran de son téléphone. Et que ce n'est ni nécessaire ni approprié. La séance d'entraînement est terminée.

Ses paroles lui firent l'effet d'une douche glacée. Ce baiser avait été une révélation pour elle, il l'avait profondément ébranlée, l'amenant à remettre en question toutes ses certitudes sur elle-même. Mais à présent, elle ne savait plus que penser. Avait-elle fait quelque chose de mal ? Commis une sorte de faux pas ?

Et lorsque Xander s'absorba dans les tout derniers préparatifs de la brève cérémonie officielle qui aurait lieu ce même soir, Pandora se demanda si elle s'était trompée sur la nature de la réaction de celui qui allait devenir son mari. En fait, leur baiser l'avait peut-être laissé complètement indifférent.

Xander s'interdit de regarder sa montre et se força à contempler les gratte-ciel étincelants de lumières multicolores qui l'entouraient. La terrasse de Mytikas Holdings n'était pas le lieu idéal pour un mariage, mais en un laps de temps aussi court il n'avait pas eu le choix.

Il avait changé de costume, c'était déjà ça.

Mais que faisait-elle, bon sang ?

Pandora avait refusé net sa proposition de faire venir un styliste de la Cinquième Avenue, lequel lui aurait apporté un choix de vêtements. Elle pouvait très bien choisir sa tenue elle-même, avait-elle déclaré en redressant le menton. Craignant une dispute, Xander n'avait pas insisté. Mais quand il s'agirait de la réception mondaine qui aurait lieu à leur retour, il se montrerait moins conciliant. Il avait une image à entretenir, et les cercles dans lesquels il évoluait étaient très attentifs aux détails, comme il l'avait très vite découvert adolescent en entrant dans cet univers.

Il regagnerait leurs faveurs en dépit de son premier mariage raté, de la même façon qu'il les avait gagnées autrefois grâce à un travail forcené et une stratégie en béton. Mytikas Holdings lui appartenait déjà, que ses frères soient prêts à l'accepter ou non. À l'heure actuelle, il détenait cinquante pour cent des actions, acquises grâce à sa détermination sans faille. Cinq ans plus tôt, il avait créé une société écran en Europe, pour le cas où il aurait besoin d'une solution de repli. Puis il avait eu l'opportunité d'acheter légalement des actions Mytikas, et le plan était apparu dans son esprit, parfaitement élaboré. Titan Corp. était en passe de devenir son héritage personnel, et il ne laisserait personne la lui prendre.

Les mâchoires crispées, il revint au présent et à son mariage. Au départ, il n'avait pas eu l'intention d'aller lui-même chez le joaillier, mais envoyer sa nouvelle fiancée choisir sa propre bague lui avait paru grossier, même si ce mariage n'était qu'une comédie. Xander sortit l'écrin de sa poche et l'ouvrit pour vérifier à nouveau que les alliances se trouvaient bien à l'intérieur. Puis il rajusta son col pour la cinquième fois.

C'était l'affaire d'une année, se répéta-t-il. Et ce serait sans doute la plus éprouvante de sa carrière, à en juger par les remarques malveillantes auxquelles il avait eu droit lors de la réunion du conseil d'administration ce matin même.

Les autres actionnaires n'avaient pas caché leur exultation à la perspective de pouvoir utiliser la fuite de sa fiancée et le scandale qui s'était ensuivi pour le pousser vers la sortie et, s'ils étaient heureux de le voir épouser Pandora par amour, c'était uniquement parce qu'ils pensaient que l'entreprise profiterait de l'emballement du public pour cette histoire romanesque. Ils le haïssaient et lui en voulaient à cause des mesures progressistes qu'il avait commencé à mettre en œuvre dans l'entreprise parce que les vieilles méthodes leur convenaient. Les méthodes de Zeus. Eh bien, tant pis pour eux, parce que Xander ne partirait pas.

Entendant soudain la double porte de verre s'ouvrir derrière lui, il tourna les yeux et resta figé sur place.

Sa fiancée avait choisi du bleu, teinte qu'il ne pensait pas l'avoir jamais vue porter. Au bureau, hormis le rouge à lèvres de couleur vive et les bijoux fantaisie, elle se cantonnait à la jupe noire et au chemisier blanc. La robe qu'elle portait ce soir était féminine en diable et s'épanouissait à partir de sa taille mince, lui donnant un petit air rétro qui lui rappela Audrey Hepburn dans un vieux film qu'il avait regardé des dizaines de fois avec sa grand-mère.

Elle était d'une beauté à couper le souffle avec sa somptueuse chevelure qui luisait doucement dans l'éclairage doré de la terrasse, et que Xander n'avait encore jamais vue autrement que rassemblée en chignon. Or Pandora avait des cheveux magnifiques et si longs qu'ils ruisselaient sur ses épaules et son dos comme de la soie liquide. C'était un crime de dissimuler une aussi belle crinière. Il s'imagina glissant les doigts dans les longues mèches aux reflets cendrés, les enroulant autour de ses poings...

Refoulant inexorablement les images qui défilaient dans son esprit, il la regarda s'avancer vers lui et le célébrant, un sourire timide aux lèvres.

Quand elle s'arrêta devant eux, Xander perçut une telle crainte dans ses yeux gris qu'il faillit lui demander une dernière fois si elle souhaitait vraiment continuer cette mascarade. Mais à la pensée qu'elle puisse renoncer et s'en aller, il lui prit la main et la serra fermement dans la sienne.

— Je suis désolée d'être en retard.

Elle leva les yeux et croisa brièvement son regard.

— Je pensais avoir quelque chose d'approprié dans ma garde-robe, mais... je ne savais pas ce qu'il fallait porter pour un mariage de ce type.

— La perspective de m'épouser te trouble à ce point ?

— Oh ! non, pas du tout.

Elle s'interrompit en levant les yeux vers les siens.

— Ah, tu plaisantais. Eh bien, c'est une première !

Sur ces mots, elle éclata de rire, d'un rire profond sans doute purement nerveux mais qui produisit néanmoins un effet bizarre sur Xander. Il retint un sourire, puis s'éclaircit la voix et lui présenta Mina, leur témoin, qui se tenait un peu à l'écart.

Le célébrant commença son petit laïus dans le jargon juridique d'usage. En matière de romantisme, il y avait mieux... Baissant les yeux sur Pandora, Xander vit qu'elle était tendue mais concentrée.

Lorsque le célébrant leur demanda de joindre leurs mains, il fut frappé par la chaleur des paumes douces et repoussa le désir absurde de demander à Pandora de le regarder.

Le reste de la cérémonie se passa sans problème, dans une atmosphère guindée et solennelle. Il glissa l'alliance de platine au doigt de sa femme qui fit la même chose avec la seconde restée dans l'écrin. Xander avait pris la précaution de demander au célébrant de ne pas prononcer la phrase rituelle destinée à sceller l'union des mariés par un baiser. Cela lui avait paru déplacé, voire choquant, vu la nature de leur arrangement. Il s'était persuadé que cela n'avait rien à voir avec sa propre réaction au baiser inexpérimenté et gourmand de Pandora, après qu'elle eut pris l'initiative ce matin, dans son bureau. Il n'allait tout de même pas capituler devant une femme qui avait quatorze ans de moins que lui et qui, de toute évidence, n'avait guère d'expérience en la matière.

Mais à présent, à contempler l'alliance qu'ils portaient

chacun au doigt, Xander se dit qu'il avait peut-être eu tort de contourner la tradition. Pour sauver les apparences, il aurait peut-être dû s'investir davantage dans cette petite cérémonie, même si celle-ci ne représentait qu'une formalité juridique. Son équipe événementielle avait déjà planifié le grand mariage pour le mois prochain, comme il convenait à un homme dans sa position.

Leur union n'était qu'un arrangement, ils le savaient tous les deux, mais il éprouva soudain le besoin de prouver la validité de leur mariage et, lorsque Mina applaudit soudain, il se rapprocha de Pandora et lui prit les poignets. Il ressentit le tremblement qui la parcourait comme une victoire. Elle battit des cils, croisa brièvement son regard, mais cela suffit à convaincre Xander qu'il n'était pas le seul à éprouver l'attirance qui palpitait entre eux.

Pourquoi était-ce aussi important pour lui ? Il n'en savait rien. Mais ça l'était fichtrement.

Il sourit, pencha la tête et sentit Pandora se crisper quand il lui déposa un chaste baiser sur la joue.

— Un peu plus d'enthousiasme serait apprécié, Quinn, lui murmura-t-il à l'oreille.

6

Dès qu'ils avaient été installés à bord du jet privé de Xander, un steward leur avait servi du champagne et présenté ses félicitations.

Mais Pandora était si tendue qu'elle avait à peine touché à sa flûte en cristal. De la même façon qu'elle savoura du bout des lèvres le dîner raffiné qui leur fut servi un peu plus tard. Leur « lune de miel » comprendrait sans doute une rencontre avec les dirigeants de Tanaka Corporation, songea-t-elle en reposant sa fourchette. Xander était en effet très agacé de voir que les négociations n'avaient toujours pas abouti alors que l'équipe chargée de s'en occuper était supposée être sur le point de finaliser le contrat.

— Tout cela sera bientôt terminé, dit-il soudain.

À quoi faisait-il allusion, au juste ? À leur voyage de noces ? À leur mariage ? Un petit rire nerveux lui monta aux lèvres mais, voyant Xander froncer légèrement les sourcils, Pandora jugea plus prudent de garder son sérieux.

Elle se rappela la tension qui empreignait son beau visage lorsque, arrivée en retard, elle s'était avancée vers lui. Elle avait remarqué le petit soupir de soulagement et vu ses épaules se détendre après que le célébrant les eut déclarés mari et femme. Et quand elle avait compris que le traditionnel baiser ne serait pas échangé, elle avait été...

déçue. Elle s'était préparée à ce nouveau contact des plus intime. Mais elle n'aurait pas dû être surprise que Xander ait demandé expressément au célébrant de ne pas prononcer la phrase rituelle, au fond.

Cependant, quand il l'avait regardée… elle avait senti une sensation très étrange naître au fond de son bas-ventre avant de se propager dans tout son corps.

Et son cœur s'était mis à battre si fort que Xander avait dû l'entendre.

Pandora n'était pas stupide au point de croire qu'il ait pu *désirer* l'épouser, bien sûr. Il avait seulement été désireux de se marier afin de satisfaire aux exigences de son père et d'éviter que l'un ou l'autre de ses frères le prenne de vitesse. Par ailleurs, elle ne devait pas oublier qu'elle n'était qu'une pièce de rechange destinée à combler un vide. Elle s'était trouvée là au moment où il avait besoin d'une femme, voilà tout. Le sentiment d'être seulement tolérée par les autres ne lui était pas étranger, mais elle s'était promis de ne jamais s'en contenter dans les relations qu'elle choisissait. Sauf qu'elle n'avait pas vraiment choisi Xander. Il l'avait attirée dès l'instant où elle l'avait rencontré, certes, mais elle n'avait jamais apprécié son côté impitoyable et dur. C'était un bourreau de travail, il ne souriait jamais, ne s'intéressait aux autres que dans le cadre strictement professionnel.

Mais ce qu'ils vivaient maintenant ne relevait pas du cadre professionnel, se rappela Pandora en se redressant dans son fauteuil en cuir moelleux.

— Je ne sais pas trop comment je dois me comporter avec le personnel, dit-elle en se tournant vers son mari. Je n'ai pas l'habitude d'être traitée comme si j'étais quelqu'un d'important. C'est déstabilisant.

Il la regarda en plissant le front.

— Lorsque j'ai commencé à travailler pour Zeus,

commença-t-il avec calme, il refusait de me laisser l'accompagner aux diverses manifestations sociales ou mondaines auxquelles il participait. Au prétexte que mon éducation et mon comportement n'étaient pas dignes d'un Mytikas. À l'inverse de mon frère cadet, Eros, qui avait grandi en grande partie parmi la haute société.

— C'était très cruel de la part de Zeus, murmura Pandora, frappée par l'émotion qui se lisait sur le visage de Xander.

Il souffrait encore de cette disparité, comprit-elle. Mais toute trace de vulnérabilité avait déjà disparu. Détournant les yeux, il souleva son verre de vin et le porta à ses lèvres, en but une gorgée puis le reposa devant lui.

— Zeus était cruel. Tu es bien placée pour le savoir, reprit-il avec un haussement d'épaules. Je ne te dis pas cela pour que tu me plaignes. J'essaye simplement... de te dire que je comprends ce que tu dois ressentir. Cela peut paraître étrange d'entrer dans cet univers. Et je ne te mentirai pas, ce ne sera pas sans difficultés. Ce monde peut se montrer sans pitié pour ceux et celles qui n'y sont pas nés.

— Je sais ce que c'est que de ne pas se sentir à sa place, répliqua Pandora. Ça aurait été plus aisé pour toi si tu avais eu une épouse qui soit plus à la hauteur mais, lorsque je m'engage dans quelque chose, je vais jusqu'au bout, quels que soient les difficultés et les défis qui peuvent se présenter en cours de route.

Elle était sincère. Elle désirait non seulement aller jusqu'au bout de cette aventure, mais le faire bien. Et se prouver à elle-même qu'elle était capable de jouer ce rôle.

— Je suis admiratif.

Leurs regards restèrent soudés un long moment, jusqu'à ce que Pandora baisse les yeux sur son verre. Il y avait soudain eu un je-ne-sais-quoi de trop intime dans cet échange muet, de trop intense pour elle.

Fermant les yeux, elle inspira profondément pendant

cinq secondes avant d'expirer lentement. Lorsqu'elle rouvrit les paupières, Xander se penchait vers elle et lui prenait son verre de la main de justesse.

— Excuse-moi, j'ai tendance à être maladroite lorsque je suis distraite..., murmura Pandora en rougissant.

En vérité, elle avait complètement oublié le verre de vin dont elle tenait le pied entre ses doigts.

— Cela a tendance à t'arriver notamment lorsque je suis à proximité, j'ai l'impression, répliqua-t-il avec un petit sourire en coin.

Il la dévisagea un instant en silence.

— Je te distrais ?

Pandora se raidit aussitôt. Il ne pouvait pas savoir l'impact que cet échange avait sur elle, bien sûr. Parce qu'il ne soupçonnait pas l'étendue de ses difficultés.

— Durant les quatre mois où nous avons travaillé ensemble, tu as bien dû remarquer mes bizarreries, riposta-t-elle, sur la défensive. Si tu souhaites m'interroger sur mon autisme, vas-y.

— Je pensais réserver ces questions pour notre nuit de noces.

Cette fois, ces quelques mots produisirent un véritable tsunami dans son esprit, et dans ses sens. Elle ne pouvait plus penser à autre chose qu'à leur *nuit de noces* et s'efforçait en vain de chasser les images choquantes qui défilaient dans sa tête. Elle toussota, réalisant qu'il avait dû dire cela par pure ironie. Mais les images ne disparurent pas pour autant.

— Non qu'il s'agisse d'une vraie nuit de noces..., poursuivit-il d'un ton détaché.

— Tu peux m'interroger si tu le souhaites, déclara Pandora en se levant d'un mouvement brusque.

Elle se dirigea vers le bar où il la rejoignit aussitôt.

— Je n'avais pas l'intention de t'interroger, tu sais, dit-il en fronçant les sourcils. Tu ne m'en avais jamais parlé avant ce matin, pour des raisons qui t'appartiennent, je n'en doute pas, et en dépit de mon... intransigeance, surtout récemment.

Xander s'accouda au bar, tout près d'elle. Pandora huma les effluves grisants, lesquels ne firent qu'exacerber son hyper sensibilité sensorielle. L'espace d'un instant, elle souhaita presque qu'il dise quelque chose de déplacé, qu'il exige qu'elle le regarde, par exemple, juste pour avoir une raison d'être aussi chamboulée par sa proximité.

— En temps normal, je tiens beaucoup à respecter les limites d'autrui, poursuivit-il doucement. Ces dernières vingt-quatre heures, on ne peut pas dire que nos rapports aient été normaux.

— D'habitude, je ne ressens pas le besoin de parler de mon autisme avec les gens que je rencontre, mais cela ne veut pas dire que j'évite le sujet pour autant, répliqua-t-elle, crispée. Et comme tu allais devenir mon mari, j'ai estimé qu'il valait mieux que tu sois au courant, au cas où cela se manifesterait d'une façon ou d'une autre.

Cette conversation était décidément inconfortable... Pandora attendit, comptant ses inspir-expir tandis que Xander semblait mesurer ses propres paroles avant de parler.

— Ai-je besoin de connaître tous les détails si tu préfères qu'ils restent privés ? finit-il par demander. Ou plutôt, as-tu besoin que je les connaisse pour que je te comprenne mieux ?

L'atmosphère parut soudain trop dense, elle avait du mal à respirer. La bouffée d'émotion qui monta de sa poitrine resta bloquée quelque part entre le menton et la clavicule. Elle déglutit, contente de s'être détournée à temps de façon que Xander ne s'aperçoive pas de son trouble.

Avant lui, personne ne lui avait jamais demandé cela.

Enfant, puis jeune adolescente, elle avait essayé de ne pas se laisser définir par ses différences, mais elles faisaient partie de son identité. Identité qu'elle avait travaillé dur pour comprendre et accepter avec amour. Le seul problème étant que les autres ne voyaient pas toujours les choses ainsi.

Et maintenant, Xander lui *demandait* si elle souhaitait qu'il la comprenne mieux... Pandora ne s'était même jamais posé la question à elle-même.

— Je ne voulais pas te manquer de respect, reprit-il en se rapprochant.

Puis il se pencha en avant pour l'obliger à le regarder.

— Je voulais simplement que tu saches que tu n'es pas obligée de tout me dire. Ce mariage ne fonctionnera que si nous respectons nos limites respectives.

Elle se contenta d'acquiescer d'un hochement de tête et se détourna à nouveau pour se préparer un thé. Mais elle avait perçu un avertissement dans la belle voix grave. Et le problème, c'était qu'elle avait toujours eu du mal avec le contrôle de ses impulsions. Or Xander était une sorte de bouton rouge portant l'inscription : *Ne pas toucher*. Et il ne soupçonnait pas à quel point elle était impulsive.

Lorsque, sans insister, il retourna s'asseoir à sa place, Pandora réalisa soudain qu'elle n'était plus une simple employée fantasmant sur son boss... Xander était maintenant son mari et, si elle ne faisait pas *très* attention, elle risquait de perdre pied complètement.

Xander avait beau être installé confortablement dans son fauteuil incliné en arrière, il ne parvenait pas à trouver le sommeil. Le souvenir de l'expression de Pandora, quand il l'avait embrassée sur la joue, continuait de le hanter. Il n'avait pas imaginé la chaleur irradiant des profondeurs gris argenté. Mais il devait garder ses distances avec elle.

Il l'avait compris dès le premier instant où il avait posé les yeux sur elle et qu'elle lui avait souri.

Par la suite, il avait vite remarqué que Pandora Quinn gratifiait tous ses collègues de ce même sourire, naturellement. Sa personnalité chaotique et enjouée ne passait pas inaperçue. Ni sa naïveté, ainsi qu'il l'avait constaté en voyant certains, et certaines, essayer de profiter de sa gentillesse.

Il avait immédiatement mis un terme à ce type d'attitude et manifesté sans détour son mécontentement aux personnes concernées.

Brusquement, Xander se rendit compte qu'il ne s'était pas soucié de savoir ce que cela faisait à Pandora d'être une mariée « de secours ». Parce que c'était ce qu'elle était, inutile de le nier. Il repensa au soir où il l'avait rencontrée, deux mois avant de venir travailler à New York. À ce moment-là, elle n'avait été qu'une charmante blonde qui avait retenu son attention au grand gala Mytikas, un événement glamour et prétentieux organisé chaque année par Zeus pour soi-disant collecter de l'argent destiné à aider les orphelins grecs, alors qu'en réalité cette manifestation lui servait de couverture pour gérer en douce ses sales affaires.

Ce qu'il avait remarqué en premier, ça avait été ses yeux emplis de crainte et d'appréhension. Il n'avait jamais été du genre à jouer les chevaliers servants, mais il avait repéré les difficultés de la jeune femme à se dépêtrer d'une conversation avec l'un des riches partenaires en affaires de Zeus qui la collait d'un peu trop près, puis l'avait vue battre lentement en retraite vers l'une des portes donnant sur le grand hall. Mais le type n'avait pas paru comprendre le message. Xander avait observé la scène pendant quelques instants en serrant les poings, avant de s'avancer vers eux, scandalisé par l'attitude de ce grossier personnage.

Il ne se souvenait même pas de ce qu'il avait dit, seulement qu'en moins d'une minute il avait congédié froidement et fermement le salopard, et que l'inconnue l'avait supplié de l'aider à s'en aller. Il l'avait alors emmenée dans l'ancienne bibliothèque où il se réfugiait quand il avait besoin de solitude, notamment lors d'événements mondains comme celui-là, pensant y laisser sa protégée et retourner à la soirée. Mais au moment où il allait partir, elle avait levé ses yeux gris vers lui et dit : « Pourquoi ne pas rester ici, vous aussi ? C'est plus tranquille... »

Xander était resté, et une heure avait passé sans qu'il s'en rende compte, jusqu'à ce que, jetant un coup d'œil dans le couloir, il s'aperçoive que les invités commençaient à se disperser et que certains se dirigeaient de leur côté. La mystérieuse blonde s'était alors excusée, disant qu'elle devait aller « se repoudrer le nez », tandis que lui avait été sommé par son père de s'occuper d'Arista qui avait une prise de bec avec l'un des membres du conseil d'administration.

Lorsqu'il était revenu à la bibliothèque, sa blonde n'avait jamais réapparu. Comme si elle n'avait jamais existé. Et quand il avait demandé à son père s'il connaissait une jeune femme blonde, Zeus était resté étrangement silencieux, mais Xander avait vu un éclat mauvais traverser son regard. Sur le moment, il n'y avait pas prêté plus d'attention que cela, mais plus tard il se l'était rappelé et avait songé qu'il aurait dû s'en méfier.

Le lundi matin, au moment où il entrait dans son bureau pour dire au revoir avant de retourner en Europe, il était tombé sur son père qui l'attendait, flanqué de sa toute nouvelle assistante de direction, Pandora Quinn, alias la blonde mystérieuse du gala.

Il n'aurait pas dû faire comme s'ils ne s'étaient jamais rencontrés mais, ayant déjà eu affaire à des individus intéressés prêts à tout pour entrer en contact avec lui,

Xander n'avait manifesté aucun signe de reconnaissance et elle non plus. Et plus tard, ni lui ni Pandora n'avaient jamais fait allusion à ce premier soir, pas même lorsque, huit semaines après cette soirée, Zeus avait dû rappeler Xander à New York pour raison de santé et qu'ils s'étaient retrouvés contraints de travailler ensemble.

En vérité, il s'était toujours interrogé sur la rapidité avec laquelle Zeus l'avait embauchée. À présent, après l'avoir surprise en train de récupérer un dossier dans la chambre forte, dossier que Zeus avait *promis* de lui donner, Xander n'avait plus aucun doute – cette embauche soudaine avait dissimulé quelque chose de pas clair... Il se rappela la véhémence avec laquelle Pandora avait déclaré qu'elle n'était pas une criminelle alors même qu'il l'avait prise sur le fait. Était-il possible qu'elle ait été comme lui victime des manigances de Zeus ?

Et à son tour, avait-il eu envers elle le même type de comportement que son père envers lui ? Cette pensée lui donna la nausée. Zeus était un type cruel, il jouait avec les émotions des gens et s'en servait pour les dominer.

Xander ne s'abaissait jamais à de tels comportements. Mais il l'avait forcée à devenir sa femme, bon sang ! Il l'avait contrainte à jouer temporairement un rôle auquel elle n'était pas préparée, sans même penser aux répercussions que cela pourrait avoir sur elle. Il avait estimé qu'elle lui *devait* ce service. Parce qu'elle s'était mise en travers de son chemin et qu'à ce titre elle devait en payer le prix.

Il ne valait pas mieux que Zeus. Il était peut-être même pire que lui.

Avec de telles pensées en tête, plus question de dormir.

Se levant, il se dirigea vers la chambre où Pandora était allée se reposer. Il devait en avoir le cœur net. Savoir si Zeus l'avait manipulée. Au moment où il s'arrêtait devant la porte, un bruit sourd résonna à l'intérieur. Il ouvrit la porte sans plus attendre et entra...

Le lit était défait, mais vide.

Le cœur lui martelant les côtes, Xander s'avança dans la chambre en regardant partout. Elle était venue là tout à l'heure, il en était certain. Il avait entendu la porte se refermer derrière elle.

Subitement, un petit bruissement attira son attention. Le grand lit occupait presque toute la cabine, mais il y avait un peu d'espace de chaque côté.

Il grimpa sur le lit et, baissant les yeux, vit la couette qui avait apparemment glissé sur le sol. Il en souleva un coin et huma un parfum de rose, avant de découvrir Pandora, enroulée dans la couette.

Elle ouvrit les yeux et se redressa si vite qu'elle ne devait pas dormir comme il l'avait cru.

— Que fais-tu ici ? demanda-t-elle. Nous avons atterri ?

— Je crois que la question est plutôt de savoir ce que *tu* fais ici par terre, répliqua-t-il en résistant à grand-peine au désir de l'aider à se relever dans l'espace exigu. Ce lit vaut dix mille dollars, et tu dors à même le sol ?

— Je n'arrivais pas à dormir.

Elle contempla le lit immense.

— Je remue beaucoup. C'était trop ouvert.

Suffoqué, il la regarda et vit les cernes soulignant ses yeux. Il restait sept heures de vol avant l'atterrissage à Osaka et, s'ils ne dormaient pas, ils seraient en piètre état à l'arrivée. Il lui tendit la main et l'attira vers lui, puis lui massa doucement les épaules jusqu'à ce qu'elle s'asseye sur le bord du lit.

— OK, je propose que nous nous aidions mutuellement, dit Xander en désignant le lit.

Voyant qu'elle allait protester, il l'interrompit d'un geste.

— Pas de panique ! Je comble le vide, et tu cesses de faire du boucan, et de me réveiller par la même occasion.

— Franchement, je suis habituée à devoir trouver des solutions lorsque je me retrouve face à des situations nouvelles.

— Tu n'as pas à affronter quoi que ce soit. Tu dois dormir.

Quand elle le dévisagea en battant des cils… et étouffa un bâillement, il faillit l'imiter. Il avait les paupières aussi lourdes que s'il avait trop bu. Sans plus réfléchir, il contourna le lit, s'assit, ôta ses chaussures et s'allongea.

— Viens. Essayons de dormir ensemble… Je voulais dire l'un à côté de l'autre, enchaîna-t-il à la hâte.

De toute façon, Pandora s'allongeait déjà à côté de lui.

— Désolée, je ne suis pas douée pour accepter de l'aide.

Ses paroles lui firent un tel choc qu'il serra les poings, furieux contre ceux qui l'avaient amenée à se refermer sur elle-même.

— Reste tranquille cinq minutes et, si cela ne marche pas, nous nous rabattrons sur l'alcool.

— D'accord, chuchota-t-elle. Je ne crois pas que ça va marcher, Xander.

— Pourquoi ? chuchota-t-il à son tour, amusé et curieux.

— Tu es trop beau, murmura-t-elle dans un soupir. Et tu m'as embrassée.

Il resta pétrifié, conscient de sa propre erreur, tandis que Pandora se détendait complètement et sombrait dans le sommeil en passant une jambe sur la sienne.

Seigneur… Cette fois, il pouvait renoncer à tout espoir de dormir.

7

Quand elle se réveilla, Pandora regarda autour d'elle, désorientée, avant de se rappeler où elle se trouvait. Elle n'avait dormi que quelques heures, mais jamais elle ne s'était sentie aussi reposée. Et, bien que Xander ne soit plus à côté d'elle, elle était littéralement imprégnée de sa chaleur et de sa senteur mâle.

Elle l'avait pris pour un ours en peluche, réalisa-t-elle en refermant brièvement les yeux. Un ours en peluche très musclé et très viril. Et ultra-sexy.

Sortant de la chambre, elle aperçut Xander qui dormait paisiblement dans son fauteuil incliné en arrière. Sans faire de bruit, elle alla se réinstaller dans le sien en se sentant mal à l'aise. Ses vêtements lui paraissaient trop serrés, ses chaussures trop étroites, et les moindres bruits se produisant dans le jet semblaient s'unir pour former un orchestre assourdissant.

Impossible de se détendre. Lorsque son système sensoriel était submergé, le moindre son, le moindre mouvement lui faisait l'effet d'un panneau de verre se brisant en mille éclats contre sa peau.

Pandora adorait découvrir de nouveaux endroits et vivre de nouvelles expériences, mais cela lui demandait beaucoup d'énergie et de travail, et ces efforts l'épuisaient, même lorsqu'elle avait dormi une nuit entière. Elle l'avait compris très tôt tandis que, enfant, elle devait sans cesse s'adapter à l'emploi du temps compliqué et chargé de ses parents qui voyageaient beaucoup. Inconsciemment, elle avait mis au point des solutions pour dissimuler son propre inconfort et supporter sa souffrance sans se plaindre, déterminée à ne pas représenter un fardeau supplémentaire pour eux.

Cependant, la situation présente était différente. Elle avait accepté sciemment d'endosser le rôle temporaire d'épouse d'un milliardaire grec. Il ne s'agissait pas de renoncer à quoi que ce soit. Elle s'était engagée dans un partenariat d'affaires, tout simplement.

Xander se réveilla à l'instant où le pilote annonçait qu'il amorçait la descente et qu'ils atterriraient à Osaka un peu avant minuit.

La limousine qui les attendait sur le tarmac portait le logo de la société Tanaka, confirmant ainsi les soupçons de Pandora. Elle profita néanmoins de l'occasion pour échanger quelques mots avec le chauffeur – le japonais était la quatrième langue qu'elle avait apprise mais restait l'une de ses préférées.

Une fois qu'ils furent installés à l'arrière du spacieux véhicule, elle regarda les lumières de la ville scintiller à l'horizon et entendit Xander demander au chauffeur de prendre l'itinéraire touristique, mais elle remarqua qu'il regardait fixement devant lui, apparemment indifférent aux gratte-ciel étincelants de lumière et aux enseignes lumineuses multicolores ressortant sur le ciel nocturne, les karts colorés slalomant entre les voitures et longeant les touristes flânant sur les trottoirs.

Quand ils traversèrent le quartier de la mode et qu'elle aperçut les mannequins en tenues ultra-chics dans les vitrines savamment éclairées, Pandora baissa les yeux sur son jean noir et son T-shirt bleu canard, et fit une petite grimace.

Les paupières soudain lourdes, elle se tourna légèrement sur la banquette et admira à la dérobée le profil noble de Xander, son menton altier, sa mâchoire bien dessinée. Quelques centimètres à peine séparaient leurs cuisses. Il avait sorti son téléphone et lisait sans doute les e-mails arrivés pendant son sommeil. En tant qu'assistante de direction, elle aurait dû s'en occuper pour lui. Mais elle n'était plus son employée. Elle ne regrettait pas de ne plus travailler pour lui, non, mais elle avait réellement aimé son travail. C'était le poste qu'elle avait occupé le plus longtemps, en dehors des périodes où elle avait travaillé avec sa mère. Elle avait juste eu le temps d'avoir l'impression de s'intégrer et d'être réputée pour son aptitude à résoudre les problèmes en dépit de ses capacités organisationnelles calamiteuses. Elle avait eu le sentiment d'être utile et même d'être douée pour ce poste. En ce qui concernait la partie traduction-interprétation, du moins.

Mais puisque Xander l'avait informée qu'il lui avait déjà trouvé une remplaçante, elle ne représentait plus aucun intérêt ni aucune valeur pour Mytikas Holdings. Dans ces conditions, qu'était-elle censée faire durant leur séjour à Osaka si son mari comptait travailler ?

— Il y a un problème ? demanda-t-il en levant les yeux de son portable.

— Non, non, répondit Pandora à la hâte en changeant de position.

Mais au lieu de retourner à son écran de téléphone, Xander posa l'appareil à côté de lui et la regarda avec attention.

— Tu semblais plongée dans de profondes réflexions.

— Je suis toujours plongée dans de profondes réflexions.

Elle tourna brièvement les yeux vers lui et se força à sourire. Mais Xander ne fut pas dupe, évidemment.

Le silence se réinstalla entre eux, mais cette fois il était empreint d'une tension étrange. Lorsque le véhicule s'arrêta dans le quartier d'Umeda, grand centre administratif et commercial d'Osaka, Xander descendit rapidement de voiture et lui tendit la main pour l'aider à descendre à son tour. Même en ce début d'octobre, il faisait bon, et bien meilleur qu'à New York. Mais Pandora frissonna et leva les yeux vers le gratte-ciel géant où Xander possédait plusieurs appartements. Le vaste hall d'entrée dégageait une atmosphère plutôt froide qui n'avait hélas rien du style japonais auquel elle s'attendait.

Le portier les accompagna jusqu'au quarantième étage où leurs bagages avaient déjà été apportés et défaits. Un repas léger était servi dans un espace repas à la décoration moderne et dont les baies vitrées offraient une vue spectaculaire sur les lumières de la ville. Fascinée par le panorama grandiose, Pandora ne vit pas Xander quitter la pièce et ne réalisa son absence qu'en entendant de l'eau couler à proximité.

Bien que souffrant encore du décalage horaire et de désorientation, elle brûlait de sortir explorer la ville comme elle s'était promis de le faire. L'épouse d'un milliardaire avait bien le droit de s'amuser, non ? Dès le lendemain, elle partirait à l'aventure, se promit Pandora.

Le bruit d'eau provenant de l'une des deux suites de l'immense appartement, elle entra dans la seconde et fronça les sourcils en voyant que ses vêtements n'avaient pas été déposés dans le dressing. Sans doute se trouvaient-ils dans celui de l'autre suite. L'eau y coulant toujours, elle ne pouvait aller chercher ses affaires. Après s'être littéralement collée contre Xander à bord du jet, elle ne pouvait prendre le risque de le déranger dans sa chambre.

Une fois ses chaussures et son jean ôtés, Pandora se laissa tomber au centre de l'immense lit à baldaquin en

T-shirt et sous-vêtements en se demandant comment elle avait bien pu accepter de participer à cette comédie. Se retrouver mariée avec son patron du jour au lendemain, c'était déjà *énorme*, mais de là à partager un lit avec lui en plein ciel...

Le bruit de l'eau continuait de couler dans la salle de bains de la suite voisine, faisant naître toutes sortes de visions dans son esprit, de mousse recouvrant la peau mate sous laquelle jouaient les muscles puissants. Il devait y avoir de la vapeur. Une quantité folle de vapeur et de chaleur enveloppant le corps nu et athlétique...

Une porte de sa propre chambre s'ouvrit brusquement, la faisant sursauter. Stupéfaite, elle vit Xander apparaître dans un nuage de vapeur, en effet, ses larges épaules semblant emplir l'embrasure de la porte.

Une petite serviette lui ceignait les hanches, nouée si bas que Pandora eut du mal à déglutir. Elle contempla les pectoraux parfaits et les hanches étroites, les muscles impressionnants des cuisses – enfin, la partie visible des cuisses. C'était trop et pas assez en même temps. Elle lécha ses lèvres soudain sèches.

Seigneur, il la regardait alors qu'elle était étalée sur ce lit en sous-vêtements ! Laissant échapper un petit cri horrifié, Pandora attrapa un oreiller et le posa sur son ventre – tout en sachant que Xander ne s'intéressait nullement à cette partie de son anatomie, ni à aucune autre, d'ailleurs. Peut-être allait-il simplement l'ignorer et faire comme si elle n'existait pas. Dans ce cas, elle saurait gérer la situation.

Elle inspira profondément puis expira lentement en se forçant à soutenir le regard dardé sur elle.

Xander faisait des efforts pour ne pas se moquer d'elle, c'était évident. Mon Dieu, quel désastre ! Et au lieu de dire quelque chose d'intelligent qui lui redonnerait un semblant de sophistication, Pandora céda à une impulsion complètement stupide.

Elle lui balança l'oreiller en pleine figure. Gratuitement. Juste pour chasser la tension atroce qui lui nouait les muscles abdominaux. L'oreiller sembla traverser l'espace au ralenti en direction du visage de Xander, qui le saisit au vol, évidemment. Cet homme insupportable avait les réflexes d'un félin et le corps d'un dieu.

— Pardon, dit-elle en se redressant sur son séant. Je ne voulais pas...

— Tu ne voulais pas me lancer délibérément un oreiller dans la figure ? l'interrompit-il en haussant les sourcils.

— Tu te moquais de moi, de mon embarras. C'était un réflexe d'autodéfense.

— Dis-moi... qu'est-ce qui t'embarrasse, exactement ?

Il s'avança et s'arrêta à quelques pas du lit, attendant patiemment sa réponse.

— Tu sais à quoi tu ressembles, Xander. Ne compte pas sur moi pour flatter ton ego, il est déjà assez monstrueux comme ça.

— Monstrueux...

Le fichu petit sourire en coin réapparut, s'agrandit.

— Pas vraiment flatteur, comme qualificatif. Je suis blessé. Et pourtant... mon aspect ne t'avait encore jamais fait réagir ainsi. Je me demande bien ce qui a changé...

— C'est évident, non ? fit-elle avec un geste vague en direction du torse hâlé où luisaient des gouttelettes d'eau.

— À quelle partie de mon anatomie te réfères-tu précisément ? répliqua-t-il en baissant les yeux sur son corps à moitié nu. Juste pour savoir ce que je devrai dissimuler pour ne pas t'incommoder.

Pandora suivit son regard malgré elle, contempla le ventre plat et musclé... Elle inspira vivement et, levant les yeux, croisa le regard de Xander qui l'observait sans plus aucune trace d'humour. Il avait presque l'air... furieux. Pourquoi ?

— Tu t'es trompée de lit, reprit-il après quelques instants de silence tendu.

Sur ces mots, il fit volte-face et sortit de la chambre, laissant toutes les portes ouvertes derrière lui.

Immobile sur le lit, elle écouta les bruits qu'il faisait en se déplaçant dans la chambre voisine. Sans doute cherchait-il quelque chose pour se couvrir...

Mortifiée, elle se rallongea sur le dos et contempla le ciel de lit en soie écrue. Peut-être que, s'il s'était agi d'un vrai mariage, ils auraient ri ensemble de ce genre de situation. Mais ils n'étaient pas réellement mariés, Xander n'était pas vraiment son mari et elle n'avait assurément pas le droit de le considérer comme un objet de désir.

Brusquement, Pandora sentit le matelas bouger...

— Qu'est-ce que tu fais ? s'exclama-t-elle en se redressant d'un bond.

— Je suis un homme de parole, répondit-il avec calme. Si tu ne veux pas venir dans l'autre chambre, je dormirai avec toi dans celle-ci.

Le lit était immense, assez grand pour qu'ils s'étirent dans tous les sens sans se toucher. Mais elle eut l'impression que la température de la pièce montait de quelques degrés, comme si sa peau réagissait à la proximité de Xander.

— Tu es bien installée ? demanda-t-il avec le même calme. As-tu besoin que je me rapproche de toi pour pouvoir dormir ?

Raide comme une planche, elle émit un son indistinct censé être un « oui ». Le matelas remua de nouveau, puis elle sentit un poids peser sur sa gauche. Mais elle se garda bien de tourner les yeux dans cette direction.

— C'est bon, merci, dit-elle dans un souffle.

Pandora n'aurait su dire combien de temps elle resta

immobile et raide, l'esprit carburant à cent à l'heure. C'était comme ça parfois, dans les périodes de changement. Comme si elle avait bu une cuve de café et que sept flux de conscience différents se battaient pour avoir le dessus. Ajouté à cela la délicieuse senteur mâle de Xander et… Agacée, elle ferma les yeux en comprenant qu'elle ne réussirait pas à dormir.

Quelques instants plus tard, elle perçut le moment où la respiration de Xander se faisait plus profonde et où il s'endormait. Il lui suffit de jeter un bref coup d'œil de côté pour en avoir la confirmation et voir les longs cils reposer sur ses joues. Tout était attirant, chez lui, songea Pandora en retenant un soupir. Elle essaya de se détendre mais en vain. Impossible de dormir. Elle n'avait pas eu l'intention de le regarder, mais elle n'avait jamais réussi à s'endormir autrement que sur le flanc gauche, aussi se retrouva-t-elle à contempler son visage.

Ce visage si beau, si attirant.

Elle ferma les yeux et ne put résister au désir qui montait en elle. Doucement, elle tendit la main et effleura la mâchoire puissante, les hautes pommettes.

Cet irrépressible besoin de *toucher* avait toujours été un problème. Son père appelait cela son impulsivité. Il avait paru être le seul à remarquer ses « petites bizarreries » et à noter ses progrès. Rosaline était si occupée avec sa carrière qu'elle avait été obligée de confier l'éducation de sa fille à son mari. Mais à l'arrivée d'un petit frère, l'incapacité totale de celui-ci à parler, son évidente autostimulation physique et ses imprévisibles changements d'humeur… eh bien, personne n'avait pu les ignorer. Pandora avait douze ans lorsqu'elle avait entendu pour la première fois le mot « autisme », mais sans qu'il s'applique à elle. Son frère, Odin, avait alors trois ans et venait d'entrer à l'école maternelle. Le diagnostic de Pandora était tombé plus d'un an après, et la vie de famille avait paru consister désormais en une série de rendez-vous et de suivis d'évolution.

Depuis déjà quelques années, Pandora se contentait d'essayer d'améliorer son temps sur le tapis de course. Courir l'aidait à concentrer ses pensées et à coordonner ses mouvements. C'était la seule des thérapies intenses suivies autrefois qu'elle avait choisi de continuer adulte.

Brusquement, elle revint au présent en sentant un poids recouvrir sa cuisse. Mais au lieu d'éprouver une quelconque menace, elle se sentit mieux ancrée et savoura la merveilleuse sensation de la jambe de Xander enveloppant petit à petit la sienne.

Elle ouvrit un œil, contrôlant sa respiration, mais les battements de son cœur résonnaient dans ses oreilles. Endormi, le visage de Xander était totalement détendu. Il remua de nouveau tandis qu'une légère plainte franchissait ses lèvres. La réaction purement sensuelle de son propre corps scandalisa Pandora. Elle commença à reculer, essayant précautionneusement de dégager sa jambe... lorsqu'un bras musclé lui enlaça la taille.

— Cesse de bouger, Quinn.

Le murmure de la belle voix grave lui fit l'effet d'une caresse. Il dormait, mais elle obéit et se concentra sur sa propre respiration en humant les délicieux effluves de verveine citronnée. Surprise, elle se rendit compte qu'elle commençait à se détendre, presque comme si elle fondait.

Elle allait attendre quelques minutes sans bouger et, quand elle serait certaine que Xander dormait, elle se dégagerait.

Ce fut la dernière pensée qui la traversa avant qu'elle sombre dans le sommeil.

À en juger par l'éclat de la lumière qui pénétrait dans la chambre, la matinée était déjà bien avancée, songea

Xander en se réveillant. Quelqu'un avait... gémi ? Il tendit l'oreille, avant de réaliser que le son était monté de sa propre poitrine.

Il avait rêvé. Lui qui ne rêvait jamais. Et le rêve avait été si détaillé, si intense... La sueur perlait à son front, et sa respiration était saccadée. Comme s'il venait de se livrer aux ébats érotiques vécus en songe. Il avait pris Pandora doucement, au départ, puis de plus en plus sauvagement jusqu'à ce qu'ils crient tous les deux de plaisir. Ce souvenir suffit à réveiller sa libido qui manifesta illico son impatience.

Des courbes douces étaient lovées contre son corps, de la poitrine jusqu'aux genoux. Mais, pire, son érection était pressée entre les fesses au galbe délicieusement ferme de sa toute nouvelle épouse.

N'importe quel homme réagirait sans doute comme lui en se réveillant blotti dans un corps doux et moelleux fleurant la rose et la vanille. Même s'il n'avait pas entièrement confiance en Pandora. À moins qu'il ne se méfie plus d'elle ?

Xander n'avait pas oublié qu'il l'avait prise en flagrant délit dans la chambre forte, mais il n'était pas arrogant au point de la croire capable d'orchestrer une situation qui les amène à partager le même lit. Il l'avait observée à bord du jet. Il avait vu sa vulnérabilité et il n'en profiterait pas.

Reculant précautionneusement, il réussit à descendre du lit et à gagner la salle de bains sans la réveiller. Mais même après s'être frictionné vigoureusement sous l'eau froide, il sentait toujours sa délicieuse chaleur contre lui.

Elle ne portait pas les habituels parfums exotiques de luxe que les femmes de son entourage affectionnaient. Le sien était plus léger, lui faisant penser à une brise montant d'un jardin d'été. Xander se souvint de son expression quand elle l'avait vu émerger de la salle de bains. Il avait déjà soupçonné qu'elle n'avait guère d'expérience en matière de sexe, mais à présent il en avait le cœur net : Pandora Quinn n'avait pas l'habitude de se retrouver face à un homme à demi nu.

Non qu'il compte l'interroger sur sa vie amoureuse. Mais puisqu'elle allait être sa femme durant un an, autant s'assurer qu'il ne risquait pas de se retrouver humilié publiquement par un quelconque amant surgissant de nulle part.

Peut-être ferait-il mieux de lui poser quelques questions discrètes à ce sujet, songea-t-il durant le court trajet de l'appartement au siège de Tanaka Corporation où l'attendait un déjeuner d'affaires. L'immeuble se distinguait par son ancienneté de ceux qui bordaient les rues du quartier financier d'Osaka, ce qui n'avait rien d'étonnant vu que la famille Tanaka avait été parmi les premières à créer une entreprise d'investissement au Japon.

Tanaka Corporation possédait l'immeuble entier dont le dernier étage fait de verre et de bois était empli de plantes exotiques qui bénéficiaient de l'éclairage solaire. L'impressionnante serre était le joyau de la ville, et Xander brûlait de la posséder. En vérité, c'était notamment à cause de cet impressionnant immeuble qu'il voulait racheter l'entreprise pour laquelle il nourrissait de grands projets.

Les investisseurs étaient déjà installés autour de la longue table quand il arriva, et il sentit les regards curieux se poser sur lui tandis qu'il s'avançait dans la vaste salle de réunion. Ran Tanaka, la fille aînée de la famille et devenue par ailleurs une puissante femme d'affaires, avait été leur principal contact durant ces dernières semaines. Tanaka Corporation coulait et avait besoin de trouver rapidement un repreneur discret de manière à préserver sa prestigieuse image. De son côté, Xander avait besoin de finaliser rapidement ce contrat s'il voulait mettre un pied au Japon et faire oublier les manœuvres sournoises de Zeus qui avait tenté de ruiner l'entreprise.

Il s'était attendu à une rencontre au sommet difficile, mais il n'avait pas prévu l'atmosphère de pur dédain dans laquelle il fut accueilli en venant seul, sans sa très estimée assistante. Apparemment, Pandora était très populaire auprès des Tanaka, en particulier de Ran. Laquelle ne dissimula pas sa déception et son mécontentement lorsque Xander fit part de leur mariage précipité et de la démission de Pandora.

— Elle est bien trop douée pour se cantonner aux salons de thé comme une simple touriste, Xander. Comment avez-vous pu la laisser à l'écart alors qu'elle était au cœur même de ces négociations ?

Ran Tanaka soupira, avant de se redresser sur son siège tandis que l'on entendait quelque agitation dans le grand hall.

Un vieil homme entra en trombe dans la pièce, le visage ridé et fatigué. Hari Tanaka, patriarche de la famille et ancien P-DG de l'entreprise familiale, fonça droit vers Xander en se lançant dans un flot de paroles incompréhensibles.

— Il veut savoir pourquoi vous avez mis Pandora à la porte, traduisit Ran à mi-voix. Il a tout entendu. Mais franchement, Xander, vous ne réalisez donc pas que c'était sur elle que les négociations reposaient !

— Dites-lui qu'en tant que P-DG par intérim de Mytikas Holdings je suis ici pour finaliser le contrat personnellement.

Xander afficha un sourire serein qui disparut tandis que les investisseurs gardaient le silence et que Hari reprenait la parole.

— Il dit qu'il ne peut pas avoir confiance en un homme qui se sépare d'une employée de valeur aussi facilement et qui fait preuve d'un tel manque de respect envers sa femme en la laissant seule lors de sa lune de miel au lieu de l'amener avec lui.

Ran s'interrompit et se pinça l'arête du nez.

— D'autant plus que nous sommes maintenant au courant de l'étendue de la corruption de votre père. Lui aussi était notoirement connu pour son mépris de l'honneur et des traditions.

Incapable d'en supporter davantage, Xander se leva.

— Je ne suis pas mon père.

— Cela reste à voir, répliqua le vieil homme dans un anglais parfait.

Dans le genre insulte...

— Nous avons reçu deux autres offres, moins généreuses que la vôtre mais venant d'entreprises plus honorables, poursuivit Hari Tanaka. Nous préférons faire affaire avec l'une ou l'autre. Cette réunion est terminée.

Lorsque Xander finit par regagner l'appartement après avoir marché plusieurs heures, plongé dans ses pensées, il trouva Pandora sur le balcon, la lumière vespérale formant un halo autour de ses cheveux et de ses épaules. Il s'éclaircit la voix avant de la rejoindre, et fut parcouru par une sensation étrange quand elle se retourna vers lui. Mais elle ne lui sourit pas comme elle le faisait d'habitude, de cet air enjoué qui n'appartenait qu'à elle. Au contraire, elle avait les lèvres pincées, et Xander comprit immédiatement que quelque chose n'allait pas.

— Comment s'est passée la réunion ? demanda-t-elle d'un ton neutre.

— Mal, mais j'ai comme l'impression que tu le sais déjà. Je me trompe ?

Elle baissa les yeux sur le téléphone qu'elle tenait à la main.

— Je viens de raccrocher. Je parlais avec Ran Tanaka.

Son sang ne fit qu'un tour.

— Pourquoi t'appelait-elle ? demanda-t-il sèchement.

Au lieu de lui répondre, Pandora prit sa tablette posée sur la petite table ronde et lui montra ce qui ressemblait fort à une présentation d'entreprise.

— Pourquoi as-tu une copie de ces fichiers ? Ils sont ultra-confidentiels.

— Ran me les a envoyés juste après ton départ. Tu étais fou de rage, si j'ai bien compris.

— C'est à moi qu'elle aurait dû adresser ces fichiers, pas à toi, sachant pertinemment que tu ne travaillais plus pour Mytikas Holdings.

8

— Je travaille sur cette affaire avec toi depuis plusieurs mois, Xander.

Pandora s'avança vers l'extrémité du balcon et se retourna vers lui. Elle le reconnaissait à peine. Où était passé le P-DG imperturbable et toujours sûr de lui ?

— Que t'a-t-on dit pour que tu réagisses de cette façon ?

— Peu importe, répondit-il d'un ton brusque. La famille Tanaka cherche à m'évincer. Ou bien on leur a proposé une meilleure offre, ou bien ils essayent de faire monter la mise.

— Ran n'est pas d'accord avec son père. Elle continue à croire à ton projet de fusion et m'a appelée pour me demander de l'aider à... te guider.

— Me guider ? répéta-t-il en écarquillant les yeux. Je suis le P-DG par intérim de Mytikas Holdings.

Pandora se posa les mains sur les hanches.

Et en ce moment, tu te comportes comme un enfant gâté. Tu es au Japon, pas à New York. Alors si tu ne veux pas perdre ce contrat, tu vas devoir changer d'attitude. T'adapter.

— Je n'en reviens pas ! Hari Tanaka était censé se retirer et laisser Ran diriger les opérations. C'était la seule raison pour laquelle j'avais confiance en...

— Écoute-moi. Tu peux rester ici et te révolter contre

l'injustice dont tu es victime, en bon milliardaire sûr de son fait, ou me laisser t'exposer mon idée.

Accoudé à la balustrade, il la toisa d'un air supérieur, encore plus sexy avec sa barbe naissante. Pandora déglutit et résista au désir de se rapprocher de lui, de caresser du bout du doigt la mâchoire couverte d'une ombre brune… Reprenant ses esprits, elle s'éclaircit la voix et ouvrit les fichiers envoyés par Ran.

— M. Tanaka tient à ce que l'entreprise reste dans le patrimoine familial, même après la reprise. Il est inquiet pour l'avenir de ses employés et de ses enfants. Ran pense que, si tu lui montres que tu n'es pas le loup solitaire dont il a entendu parler, il retirera ses objections.

— Il se fichera éperdument des valeurs auxquelles je tiens. Il ne voit qu'une chose : que je suis le fils de Zeus Mytikas. Il s'est déjà fait son opinion sur moi.

— Tu es son fils, c'est vrai, mais nous savons toi et moi que tu ne lui ressembles en rien.

Il repoussa ses paroles d'un geste de la main, manifestement déterminé à rester enfermé dans la boîte qu'il avait fabriquée lui-même.

— Xander, tu es l'opposé de Zeus, à tous les niveaux. Tu as l'air distant, sûr de toi, mais tu te soucies de tous ceux et celles qui travaillent pour toi. Nie-le si tu veux, mais… je t'ai observé.

Elle pinça les lèvres, s'attendant à ce qu'il l'interrompe, mais il n'en fit rien.

— Tu as une façon de regarder les gens qui fait qu'ils se sentent vus. Tu t'es donné pour mission de réparer les torts causés par ton père, mais tu sembles déterminé à ne pas voir le bien que tu as déjà fait et qui est là, sous tes yeux. Tu dois montrer à Hari Tanaka que nous formons une équipe et que Mytikas Holdings *aussi* nourrit de puissantes valeurs familiales. Que nous accordons de l'importance à la tradition et à l'honneur, en dépit des manœuvres sordides de Zeus.

— Et comment suis-je supposé y parvenir, exactement ?

— En utilisant ton arme secrète, bien sûr.

Pandora sourit et exécuta une parodie de révérence.

— Ran s'est arrangée pour nous inviter à une grande cérémonie qui aura lieu à Kyoto. C'est la ville natale de Hari Tanaka, et il s'agit d'un événement ultra-traditionnel.

— Ce n'est pas en assistant à un *événement* que nous retournerons la situation en notre faveur.

— Non, évidemment. Mais je te propose de me réembaucher temporairement jusqu'à ce que les négociations aient abouti. Ensemble, je crois que nous pouvons y arriver.

Elle s'interrompit et retint son souffle. Était-elle allée trop loin ?

— Ta collaboration ne pourrait être que profitable, dit soudain Xander en hochant la tête. D'accord. Je vais te faire embaucher comme traductrice-interprète indépendante.

Traductrice-interprète indépendante. Cette appellation résonna dans l'esprit de Pandora toute la soirée tandis qu'ils mangeaient des sushis, assis côte à côte dans l'espace repas, et que Xander la mettait au courant de détails qu'elle ignorait.

Une joie immense l'avait envahie quand il avait accepté sa proposition, doublée d'un soulagement infini. Elle avait un problème à résoudre, un défi à remporter ! Car elle était bien déterminée à montrer aux Tanaka le vrai Xander Mytikas, celui qu'il paraissait ne pas connaître lui-même.

Les jours suivants passèrent à une vitesse incroyable. Ils s'affichèrent ensemble à maintes occasions, donnant l'image du couple parfait. Le soir, ils travaillaient tard, installés devant leurs ordinateurs portables. Dès que Ran avait appris que Pandora travaillait maintenant en free-lance, elle avait tenu à mettre à sa disposition un somptueux bureau situé au dernier étage du siège de Tanaka Corporation et qui offrait une vue extraordinaire sur la ville.

Mis à part des échanges anodins lors de leurs apparitions publiques, elle et Xander ne se parlaient pas beaucoup, mais chaque soir il tenait sa promesse et dormait avec elle. Chaque nuit elle luttait contre le désir de le toucher, et chaque matin elle se réveillait dans ses bras, avant qu'il ne la libère aussitôt, roule sur le flanc et descende du lit.

Si leur collaboration silencieuse ou l'intimité partagée la nuit le dérangeaient, il n'en montrait rien. Il semblait plutôt rechercher de plus en plus sa compagnie, s'arrangeant pour venir déjeuner brièvement avec elle au restaurant d'entreprise situé au rez-de-chaussée, ou l'invitant à prendre l'air sur l'une des terrasses du dernier étage. Leur mariage n'avait certes rien de conventionnel, mais Pandora était… heureuse. Elle avait l'esprit occupé et des nuits paisibles. Et si elle avait pu avoir quelque emprise sur les sentiments qu'elle éprouvait pour son mari, tout aurait été parfait.

Plus d'une fois, Ran lui proposa de louer ses services pour de futurs projets, mais Pandora s'arrangeait toujours pour détourner la conversation. Xander avait beau lui avoir attribué la qualification de « spécialiste indépendante », elle n'était pas stupide au point de croire qu'il la considérait comme telle. Il flattait son ego pour qu'elle se sente moins inutile, voilà tout, et pour que sa femme ne soit pas officiellement son employée, tout en lui permettant ainsi de l'aider à finaliser la fusion avec Tanaka Corporation. Cependant, elle réalisa bientôt qu'elle ne souhaitait pas refuser définitivement la proposition de Ran et se surprit à y réfléchir de plus en plus souvent. Sans pour autant cesser de redouter la perspective du grand mariage qui les attendait à leur retour, suivi d'une année à jouer le rôle de l'épouse d'un somptueux milliardaire follement séduisant…

Ran lui avait dit à plusieurs reprises que, si elle se décidait, elle n'aurait qu'à lui passer un coup de fil. Pandora commençait à la considérer presque comme… une amie. Elle n'avait guère eu l'occasion de goûter à l'amitié, passant son enfance à voyager et sa vie de jeune adulte sous la protection anxieuse et affectueuse de sa famille. Avec l'éloignement, elle se disait que ses parents s'étaient peut-être montrés trop protecteurs, trop attentionnés. Elle restait néanmoins en contact avec son père, lui envoyant régulièrement des photos et des vidéos, mais sans lui préciser qu'elle se trouvait au Japon avec son *mari*.

Inutile de leur parler de ce mariage précipité pour l'instant. Elle répugnait à mentir à ceux qu'elle aimait, mais elle ne se sentait pas capable de leur dire la vérité sans *tout* leur révéler… Aussi avait-elle décidé de patienter. De toute façon, il faudrait qu'elle leur parle avant le grand mariage, sinon ils l'apprendraient par les médias. Mais elle ne s'attendait pas à ce qu'ils se déplacent pour assister à la cérémonie. Et, pour être sincère, Pandora ne souhaitait pas qu'ils viennent. Parce que ce ne serait pas une vraie cérémonie, un vrai mariage. Seulement un coup de com.

Le dernier jour des négociations, revues et améliorées à leur façon, elle sentit un courant d'excitation parcourir leur petite équipe. Il était déjà tard lorsqu'une grande réunion fut organisée au dernier étage entre Xander et le conseil d'administration. Elle-même n'ayant pas été autorisée à y assister, elle était retournée à l'appartement et, pour passer le temps, elle s'était installée sur le sofa du salon avec une petite broderie au point de croix qu'elle avait emportée. À vrai dire, elle était complètement nulle, mais cela lui occupait les mains. Elle s'acharnait depuis deux bonnes heures sur son canevas lorsque Xander apparut sur le seuil du salon, un grand sourire aux lèvres.

— Nous avons gagné, dit-il, l'air épuisé mais ravi.

Et plus beau que jamais. Ne sachant pas trop comment elle était censée se comporter dans ce genre de circonstances, Pandora resta assise tandis qu'il s'avançait vers elle. Sans lui laisser le temps de réagir, il se pencha, la souleva dans ses bras en la serrant contre lui et l'embrassa.

Il y avait une telle passion, une telle intensité dans son baiser qu'elle en eut le vertige. Mais il la lâcha presque aussitôt et recula, l'air stupéfait.

— Je ne voulais pas t'embrasser… Seulement te remercier.

Une sensation de froid gagna Pandora.

— Ce n'est pas grave, dit-elle dans un souffle.

D'un geste nerveux, il voulut rajuster sa cravate, mais perdit patience et la dénoua complètement avant de la laisser choir sur le sofa.

— C'était juste un baiser, insista-t-elle avec calme en s'asseyant sur le bras du canapé.

— Non, et tu le sais aussi bien que moi. Cela t'arrive souvent d'embrasser un homme de cette façon ?

— Étant donné que je n'aime pas cela, j'évite ce genre de situation, répondit-elle avec un haussement d'épaules.

— Avec moi, tu sembles *beaucoup* aimer cela.

Il s'interrompit et la regarda en fronçant les sourcils.

— Pandora, veux-tu dire que je t'ai… embrassée de force ?

— Pas du tout ! se récria-t-elle. J'adore tes baisers, Xander. Et sans doute plus que je ne le devrais.

Les yeux bleus s'assombrirent.

— Parfait.

— Parfait ? chuchota-t-elle. Je ne trouve pas. La plupart du temps, c'est une… torture pour moi. Je ne comprends pas pourquoi j'ai envie d'une chose qui m'avait toujours déplu auparavant. Ni pourquoi je suis tentée par un homme qui a dit expressément qu'il ne partageait pas ce que je ressens.

Pandora recula d'un pas. Elle se sentait affreusement vulnérable, tout à coup. Cette conversation était si étrange, si différente de toutes celles qu'ils avaient eues jusqu'à présent.

— Mais bon, tu es toi, reprit-elle avec un petit rire forcé. Nous en sommes venus à mieux nous connaître, alors c'est peut-être ça, la différence. Et c'est normal que je me sente en sécurité quand je t'embrasse.

— En sécurité, répéta Xander, les traits indéchiffrables.

— Je voulais dire que... Nous sommes liés par un contrat. Pas d'émotion, pas de souffrance. C'est simple.

— Simple et sécurisant, résuma-t-il, pince-sans-rire. Heureusement que mon ego est costaud...

Il se rapprocha d'elle, les yeux étincelants de reflets irisés.

— Il n'y a rien de simple ni de sécurisant dans ce que je ressens à cet instant même, Pandora. Si tu pouvais imaginer les fantasmes qui défilent dans mon esprit...

L'air parut s'épaissir autour d'eux, la température monter de quelques degrés.

— Dis-moi, murmura-t-elle.

— Je brûle de faire bien plus que de t'embrasser.

Il se pencha vers elle et referma la main sur sa joue. Pandora sentit l'air lui manquer. Ils avaient tort. Ils n'auraient pas dû faire ce qu'ils faisaient. Pandora fixa les lèvres de Xander, comme hypnotisée par lui. Mais ce n'était pas nouveau. Elle s'était sentie inexorablement attirée par cet homme dès l'instant où elle l'avait aperçu.

Par la suite, quand elle avait travaillé pour lui, la frontière avait été bien nette, aussi avait-elle pu facilement garder ses distances vis-à-vis de son employeur. De son côté, Xander Mytikas n'aurait jamais songé à embrasser sa banale petite assistante. Pour lui aussi, les limites étaient claires.

Mais ces limites avaient été effacées, et la frontière qui les séparait encore était si ténue, si fragile.

Pandora leva les yeux et vit une telle chaleur dans les siens qu'elle aurait presque eu envie de s'enfuir en courant. Mais lorsque Xander passa un bras autour de sa taille et l'attira contre lui, elle se contenta de regarder l'angle déterminé de sa mâchoire, la courbe de son oreille entourée de cheveux coupés court d'un noir de jais parsemés de fils argentés qui lui donnaient l'air encore plus sexy.

Durant toute la semaine, elle avait résisté au désir d'y glisser les doigts. Elle s'en était voulu d'avoir de telles impulsions dès qu'il s'approchait d'elle et *se* passait la main dans les cheveux qu'elle brûlait de toucher. Elle s'était promis d'être assez forte pour résister à l'attirance qu'elle éprouvait pour lui. Sans jamais songer que cette attirance puisse être réciproque.

Lentement, Pandora leva la main et la referma sur la nuque chaude puis glissa les doigts dans ses cheveux. Ils étaient frais au toucher mais doux comme de la soie. Elle connaissait déjà la senteur de Xander. Les délicieux effluves étaient désormais gravés dans son esprit, dans ses sens.

Elle éprouvait ce même sentiment de justesse, de naturel, que la première fois qu'ils s'étaient embrassés. Et lorsqu'elle leva l'autre main et la posa sur son cou, la fit glisser sur sa mâchoire, il ne fit rien pour l'arrêter.

— Tu me caresses, dit-il d'une voix rauque en appuyant la joue contre sa paume.

Il ne jouait pas la comédie, puisqu'il n'y avait pas de spectateurs. Mais Pandora fut parcourue par un frisson d'inquiétude. Elle ne voulait pas voir s'éteindre l'éclat des beaux yeux bleus. Elle voulait que cet éclat soit pour elle et à elle, rien qu'à elle. Qu'il soit l'expression du désir de Xander pour elle. Le désir qu'ils partageaient.

Se sentant soudain un peu ridicule, elle laissa redescendre ses mains et les lui posa sur les épaules.

— Je n'ai pas dit cela pour que tu t'arrêtes.

Il prit ses mains et les remit sur sa propre nuque, puis il pencha la tête et l'embrassa dans le cou.

Toute pensée déserta l'esprit de Pandora. Les lèvres chaudes glissèrent sur sa peau tandis qu'il murmurait quelque chose.

— *... des mois.*

Elle entendit distinctement ces deux derniers mots. Les sentit vibrer en elle. Sentit Xander vibrer en elle. Il s'immobilisa, le souffle court. Il hésitait. Mais il ne s'écarta pas, au contraire. Il la serra plus étroitement contre lui.

— Je t'ai désirée dès le premier instant où je t'ai vue. Je ne vaux pas mieux que Zeus.

Pandora prit le beau visage de son mari entre ses mains.

— Moi aussi, je t'ai désiré dès le premier instant. Tu ne lui ressembles en rien, Xander. Je ne suis plus ton employée. Je suis ta femme.

Ce fut comme si un déclic se produisait en lui. Un éclat sauvage incendia les yeux bleus tandis qu'il glissait une jambe entre les siennes et déboutonnait son chemisier.

Xander se pencha pour déposer une pluie de petits baisers brûlants sur le ventre plat et doux, puis remonta lentement jusqu'à son visage tandis qu'elle détournait les yeux.

Ainsi exposée nue à son regard, Pandora n'était pas très à l'aise, et son attitude exacerbait le désir qui le consumait. Il se débarrassa de sa veste et empoigna sa chemise par le dos, faisant voltiger quelques boutons qui atterrirent sur le parquet. La chemise les rejoignit bientôt.

Pandora leva alors les yeux vers lui et contempla son torse nu en entrouvrant les lèvres.

— Tu es si beau, chuchota-t-elle.

Dans les yeux gris, Xander vit le reflet de son propre désir. Du désir brut et incandescent. Lorsqu'elle lui effleura le ventre, il se mit à trembler. Que lui faisait-elle, bon sang ?

Lui prenant la main, il la lui remonta au-dessus de la tête en même temps qu'il se penchait pour l'embrasser. Elle répondit à son baiser avec la même fièvre, la même impatience, enfonçant légèrement les ongles dans sa chair et lui causant une douleur infime qui suffit à lui faire perdre le peu de contrôle qu'il lui restait.

Les battements de son cœur résonnaient dans ses oreilles, son corps réclamait l'assouvissement. Une sorte d'alarme se déclencha au fin fond de son cerveau, l'exhortant à se ressaisir, à s'arrêter, mais au même instant Pandora lui referma les mains sur la taille et l'attira contre elle. Son membre déjà très excité réagit au quart de tour, son érection le lancina.

Trop de barrières, trop de tissu... Xander ouvrit sa braguette ; Pandora l'aida et, à eux deux, ils tirèrent sur l'étoffe si violemment qu'il crut que le pantalon allait se déchirer, jusqu'à ce que, enfin, il soit nu lui aussi.

Toute parole était superflue, seul comptait le désir qui les ravageait tous les deux. Il devait la faire sienne, maintenant.

Mais quand il redressa la tête et prit son membre pour l'enfoncer en elle, Pandora referma la main sur la sienne.

— Attends, dit-elle doucement. Tu as des préservatifs ?

Xander eut l'impression que le monde s'arrêtait de tourner. Il redescendit brutalement sur terre et réalisa ce qu'ils avaient failli faire. Ce que *lui* s'apprêtait à faire.

— Xander ?

Il entendit sa voix, mais fut incapable de prononcer un mot, de lever les yeux, craignant sa propre réaction. Il sentit les mains fines se poser sur sa poitrine, comme une question muette, et c'en fut trop pour lui. Il se leva, l'air frais tranchant avec la chaleur infernale de son corps, et il dut rassembler toutes ses forces pour ne pas se rallonger et reprendre les choses là où ils les avaient laissées. À chaque pas qui l'éloignait d'elle, son corps protestait, rugissait, les battements de son cœur l'assourdissaient.

Entrant dans la salle de bains, il claqua la porte derrière lui et la verrouilla par prudence, ne sachant pas comment il réagirait si Pandora le suivait. Il n'était qu'une brute, un sauvage. Un dépravé. Jamais encore cela ne lui était arrivé. Il ne perdait jamais le contrôle de cette part sombre de lui-même, cette pulsion enracinée au plus profond de son être. Furieux, Xander frappa le lavabo en marbre et sentit la douleur fuser dans son poignet. Ignorant la souffrance, il frappa de nouveau, comme pour se prouver qu'il était plus fort que les pulsions de son corps.

Il avait été sur le point de pénétrer Pandora sans préservatif, insoucieux des conséquences. Cet arrangement, ce mariage… Toute cette histoire l'affectait beaucoup trop, à tel point qu'il avait l'impression que quelqu'un avait atteint son âme, l'avait empoignée et secouée sauvagement, faisant remonter à la surface ses aspects les plus sombres.

Ce n'était pas la faute de Pandora. Et pourtant, il lui en voulait d'être le catalyseur qui avait déclenché ce chaos intérieur. L'espace d'une seconde, Xander eut envie de lui demander de partir, d'éradiquer le problème à la racine, de se débarrasser de la tentation qu'elle représentait. Mais lorsqu'il se regarda dans le miroir et imagina l'expression du beau visage quand il la renverrait, quelque chose résista en lui et il sut avec certitude que le problème ne disparaîtrait parce qu'elle ne serait plus là.

Il aurait voulu hurler sa rage, son désir de se libérer de tous les liens qui l'entravaient, de toutes les contraintes liées au fait d'être le fils de Zeus Mytikas. Mais il se contenta de faire couler de l'eau froide sur son poing meurtri durant quelques minutes, puis regagna le salon.

Pandora était assise sur le sofa. Un jeté de soie rouge dissimulait en partie son corps nu, mais il brûlait toujours pour elle. Il ignora résolument la force qui le poussait vers elle, les sensations qui se bousculaient en lui, jusqu'à ce qu'il redevienne parfaitement maître de lui-même. Il ramassa son pantalon et l'enfila. La douleur fusa dans sa main et son poignet, mais il les ignora aussi, concentré uniquement sur la femme silencieuse qui évitait son regard.

— Cela ne doit plus se reproduire, Pandora, dit-il avec un calme qui le surprit lui-même.

Il la vit tressaillir imperceptiblement et se maudit. Mais au lieu de répliquer, elle se leva en s'enveloppant dans le jeté de soie et passa à côté de lui sans lui accorder le moindre regard. Le menton haut, elle traversa le salon et s'arrêta devant la porte de sa chambre.

— Je me suis trompée, dit-elle en secouant lentement la tête.

Ses cheveux blonds chatoyèrent doucement.

— Tu es tout sauf sécurisant pour moi. Et il n'y a rien de simple dans l'attirance que nous éprouvons l'un pour l'autre. Je vais m'efforcer de m'en souvenir.

Xander fit un pas vers elle. Il devait lui expliquer pourquoi il n'avait pas le choix. Pourquoi cette attirance ne pourrait que les conduire à la catastrophe… Mais lorsque, sans même se retourner, elle l'arrêta d'un geste, il s'immobilisa aussitôt.

Cette nuit-là, Xander ne vint pas la rejoindre, et Pandora se dit qu'elle était soulagée.

Elle resta assise un long moment sur le lit à contempler

les lumières multicolores du paysage urbain ressortant sur le ciel obscur, l'esprit en proie à une confusion sans nom. Comment avaient-ils pu se laisser aller ainsi ? Non seulement elle avait failli faire l'amour avec un homme avec qui elle s'était juré de garder des rapports professionnels, mais elle avait adoré chaque minute de ces instants de folie et senti un lien qu'elle avait pensé ne jamais éprouver. Et tant de plaisir...

Le chaos qui régnait maintenant en elle était insupportable. Plus de travail pour lui occuper l'esprit. Elle n'arrivait pas encore à réaliser qu'ils avaient réussi, que les négociations avec Tanaka Corporation avaient abouti. Et que, par conséquent, elle ne travaillait plus en free-lance avec Xander. En fin de journée, ils partiraient pour Kyoto où ils assisteraient à la cérémonie à laquelle ils avaient été invités par les Tanaka ; et le lendemain, ils rentreraient à New York... où ils entameraient l'épisode suivant de leur comédie de mariage.

Déterminée à éviter son mari après le désastre de la veille, Pandora décida de quitter l'appartement dès l'aube. S'il se réveillait et voulait parler... elle s'effondrerait. La colère rejaillit en elle, raidissant ses mouvements tandis qu'elle enfilait son jean *skinny* préféré et un T-shirt.

Le comportement de Xander n'avait aucun sens. Après s'être littéralement jeté sur elle brûlant de désir, prêt à la pénétrer, il avait presque quitté la pièce en courant. Ils avaient failli coucher ensemble sans préservatif, c'est vrai, mais elle se l'était rappelé à temps. Par conséquent, il n'y avait aucun risque, aucun danger. Et pourtant, il avait fait preuve d'une telle brutalité, revenant au salon comme si de rien n'était, avant de lui annoncer posément que cela ne devait plus se reproduire.

Elle se rassit sur le lit et ferma les yeux en soupirant.

Comment réussirait-elle à jouer le rôle de l'épouse dévouée pendant douze mois, alors que cette première semaine avait suffi à la pousser jusqu'aux limites de ce qu'elle était capable de supporter ?

9

Xander regarda la femme qui se tenait à ses côtés, le visage serein et bavardant poliment en japonais avec l'un des administrateurs les plus âgés de Tanaka Corporation. Son propre japonais était des plus basique, parler couramment l'anglais en plus de sa langue natale lui suffisait amplement.

À cet instant, Pandora leva les yeux vers lui en plissant légèrement le front, puis accentua à peine la pression de ses doigts à l'endroit où elle lui tenait le bras, mais son geste fit fuser une décharge électrique en lui.

Elle allait vraiment devoir cesser de le toucher. Mais cela faisait partie de son rôle d'épouse, après tout. Et puis, lui-même n'avait rien à dire, reconnut-il en son for intérieur. Car il éprouvait le besoin irrésistible de montrer à tous que Pandora lui appartenait, dans le sens le plus primitif du terme. Cependant, il ne laisserait pas resurgir la brute qui s'était déchaînée la veille au soir, aussi résista-t-il au besoin qui le taraudait sans cesse. D'autre part, leur mariage n'était pas un atout dont il pourrait tirer un quelconque profit médiatique dans la situation présente. Alors, pourquoi ce besoin de la proclamer sienne, d'ébranler la façade polie qu'elle présentait au monde, avec sa petite robe noire et son chignon élégant et sobre ? Pourquoi l'attitude professionnelle de Pandora l'agaçait-elle autant ? N'était-ce pas ce qu'il attendait d'elle ?

La famille Tanaka arrivant sur ces entrefaites, Xander se trouva embarqué dans une suite de conversations tournant toutes autour du contrat qu'ils venaient de conclure.

— Je vous félicite à nouveau, dit Ran en l'entraînant un peu à l'écart. Vous ne pouviez pas trouver de meilleure épouse. Moi qui me croyais inégalable...

— Le temps que nous avons passé ensemble ne quitte jamais mes pensées, répliqua Xander en souriant. Si jamais vous avez à nouveau besoin de moi, vous avez mon numéro.

— Modérez-vous, Xander, vous êtes un homme marié ! dit-elle en riant et en lui donnant une petite tape sur le bras.

Elle le regarda un instant avant d'ajouter :

— Vous êtes heureux avec elle, et j'en suis ravie, pour vous deux. C'est une bonne chose que votre frère vous ait chipé votre première fiancée, finalement.

Il haussa vivement les sourcils.

— Vous êtes au courant... ?

— Tout le monde est au courant de leur mariage, non ?

Xander se figea. Eros et Priya étaient mariés ? Depuis quand ? Ils ne l'étaient pas avant son départ de New York, son équipe surveillait cela de près.

Lorsque Ran se détourna pour aller rejoindre les invités, il resta pétrifié sur place au lieu de la suivre et sentit la vieille colère remonter en lui. La vieille rivalité qu'il avait combattue pendant des années.

Le ventre noué, Pandora s'éloigna rapidement de l'endroit d'où elle avait surpris par inadvertance la conversation entre Xander et Ran. Son sourire poli bien en place, elle traversa les magnifiques jardins avant de s'arrêter devant un ravissant petit pont rouge entouré de grands érables.

Elle se repassa l'échange entre la ravissante femme d'affaires et Xander, les imagina ensemble. Pourquoi ne lui avait-il pas dit qu'ils avaient entretenu une liaison ? Pourquoi Ran ne lui en avait-elle pas parlé ?

À la pensée qu'ils aient pu lui cacher cette relation d'un commun accord, une émotion incontrôlable l'envahit, suivie d'une souffrance atroce, comme elle n'en avait pas ressenti depuis longtemps. En dépit de l'environnement superbe qui l'entourait, elle se sentait aussi désemparée que la petite fille se retrouvant au milieu de la cour de récréation et ne comprenant pas du tout ce qu'il se passait, mais qui était certaine d'être la cible d'une plaisanterie.

Sa solitude ne dura pas longtemps. Pandora entendit un bruit de pas et, se retournant, vit Xander s'avancer vers elle, plus somptueux que jamais.

Elle recula d'instinct, ne supportant pas l'idée qu'il la touche, et le dévisagea en silence, incapable de respirer.

Et tout à coup, elle se sentit complètement ridicule.

— Vous semblez bien vous entendre, Ran et toi, dit-elle avec calme.

— Oui, et alors ? répliqua-t-il en scrutant son visage.

— Rien, répondit-elle à la hâte. Tu es très apprécié, et très beau.

— Et où est le rapport avec notre situation actuelle ? repartit-il en lui posant la main sur le coude.

Pandora tressaillit, mais s'interdit de craquer.

— J'aimerais simplement savoir si tu préfères que je m'éclipse, Xander. Nous devons sauver les apparences, naturellement, mais je peux retourner à Osaka seule, si tu… souhaites voir quelqu'un.

Il écarquilla les yeux, l'air complètement abasourdi. Elle sentit les doigts se resserrer sur son coude, et son imbécile de corps réagit aussitôt avec une telle intensité qu'elle s'écarta.

Au même instant, quelqu'un lui toucha l'autre coude. Pandora se retourna et se trouva face à Ran qui lui souriait. Elle recula d'un pas, trébucha et perdit l'équilibre. Comme au ralenti, elle vit les belles feuilles rouges et orangées basculer autour d'elle et comprit qu'elle tombait...

Des bras musclés l'attrapèrent juste à temps et, levant les yeux, elle croisa le regard perçant de Xander.

— Ça va, Pandora ? demanda la voix inquiète de Ran.

Génial. Elle s'était ridiculisée. Mais, alors qu'elle cherchait une excuse quelconque pour s'éloigner de son mari et le laisser profiter de la soirée sans elle, Pandora sentit une chaleur familière lui envelopper la taille. Comme en rêve, elle entendit Xander s'excuser poliment auprès de Ran. L'instant d'après, il fit demi-tour et s'éloigna en direction des hautes grilles en la tenant par la taille, lentement, comme s'il craignait qu'elle ne se brise.

— Arrête, dit-elle en se dégageant d'un mouvement brusque. Tu n'as pas à t'occuper de moi. Je ne suis pas une enfant.

— Non, en effet. Tu es ma femme et tu es visiblement épuisée. Alors permets-moi de t'éviter une soirée éprouvante puisque nous pouvons sans problème nous en aller.

— Mais pourquoi t'en irais-tu maintenant, alors que tu pourrais passer cette soirée plus agréablement avec Ran ?

Après avoir dit qu'elle n'était pas une enfant, elle se sentait aussi grognon qu'une petite fille de trois ans...

Xander la dévisagea en pinçant les lèvres mais, le chauffeur se garant devant eux, il la poussa doucement à l'intérieur avant de s'installer à côté d'elle.

— Si je comprends bien, tu as entendu ma conversation avec Ran, dit-il au bout de quelques instants. Et tu en as conclu aussitôt que nous prévoyions de nous voir secrètement.

— Je ne sais pas ce que tu prévoyais. Cela n'a pas

d'importance, de toute façon. Je suis irritée contre vous deux parce que vous m'avez caché votre liaison, même si je suis tout à fait consciente que cela ne me regarde pas.

Il se tourna vers elle et allongea le bras sur le haut de la banquette.

— Tu es ma femme. Alors je ne suis pas d'accord : cela te regarde au premier chef.

Un mélange de peur et d'excitation la parcourut, lui nouant la gorge.

— J'ai rendu service à Ran, il y a deux ans de cela. Elle voulait s'afficher avec un homme séduisant pour rendre jaloux quelqu'un d'autre. Elle n'a jamais été pour moi qu'une *amie*.

Pandora assimila lentement ses paroles, soulagée et embarrassée à la fois.

— Je me suis comportée comme une idiote. Excuse-moi, Xander. Mais je t'en prie, retourne là-bas et profite du reste de la soirée. Je te répète que je peux retourner à Osaka seule.

— Tu es fatiguée, et nous sommes de jeunes mariés, alors personne ne trouvera bizarre que nous nous échappions de bonne heure.

Il tourna les yeux vers la vitre.

— Nous ne retournons pas à Osaka. J'ai réservé une suite à Kyoto.

— Mais, pourquoi ? demanda-t-elle, confuse.

— Nous ne rentrons à New York que demain soir, répondit-il après un léger silence. Tu as dit que tu n'étais jamais venue à Kyoto. Je ne voulais pas que tu repartes sans avoir fait un peu de tourisme.

La gentillesse contenue dans ses paroles émut profondément Pandora. Elle avait la gorge si nouée qu'elle réussit à peine à murmurer un « merci ». La voiture traversa l'ancienne ville sans qu'ils échangent un mot. Le chauffeur franchit bientôt un portail en fer forgé grand ouvert et s'engagea sur une allée bordée d'érables.

Les lumières de Kyoto réapparurent après un virage, brillant au loin, en même temps qu'apparaissait une superbe bâtisse dont l'architecture combinait harmonieusement le style traditionnel japonais et des lignes résolument contemporaines.

Une fois descendus de voiture, ils gravirent les quelques marches de pierre. Seul le murmure d'une fontaine troublait le silence.

Mais une fois qu'ils furent à l'intérieur, Xander s'arrêta et se tourna vers elle.

— J'ai été sincère avec toi, ce soir. Je t'ai fait confiance et j'ai accepté ta proposition de travailler avec moi, et malgré cela tu continues à te méfier de moi. D'après mon expérience, quand on est à l'affût des mensonges, c'est que l'on a quelque chose à cacher soi-même. Alors il serait temps que tu me dises la vérité, tu ne crois pas ?

Pandora frémit intérieurement. Il avait été franc avec elle à propos de Ran, en effet. Il lui avait fait confiance. Et de son côté, elle persistait à taire un secret qu'il méritait de connaître. Elle avait beau savoir qu'il ne la punirait pas comme elle l'avait redouté autrefois, elle résistait encore, parce qu'elle craignait de voir l'expression de son regard quand il saurait qu'elle l'avait trahi.

— Je suis au courant pour Titan Corp., dit-elle à toute vitesse.

10

Xander se raidit de façon manifeste. Une expression dure envahit ses traits.

— Explique-toi, dit-il en plissant les yeux.

— Je sais que tu envisages de prendre le contrôle de Mytikas Holdings dès que tu détiendras un nombre suffisant d'actions. Je le sais parce que... Zeus me l'a dit. Il s'est servi de moi... pour t'espionner.

— Pendant combien de temps ? demanda-t-il, les mâchoires crispées.

— Dès ton arrivée à New York, il m'a annoncé que je devrais lui rapporter tout ce que je pourrais apprendre sur toi. Mais je ne lui ai jamais dit que le strict minimum de ce que je savais, je te le jure. Il m'a fait du chantage pour me forcer à travailler pour lui.

— Pardon ? fit Xander, l'air profondément choqué.

Le soir où nous nous sommes rencontrés, j'étais venue à ce gala avec ma mère. Je ne savais pas du tout qui tu étais. Nous ne nous étions présentés que par notre prénom. Je venais de me disputer avec ma mère, j'avais surpris un échange assez houleux entre elle et Zeus, et j'avais compris qu'il détenait un document compromettant pour elle et s'en était servi pour obtenir quelque chose, mais... elle n'avait pas pu satisfaire sa demande.

Pandora s'interrompit juste le temps de reprendre son souffle, sachant que, si elle s'arrêtait de parler, si elle regardait Xander, elle perdrait tout courage.

— Alors, quand il m'a promis de me remettre cette preuve si je travaillais pour lui et faisais tout ce qu'il me demandait, j'ai accepté. Au départ, il avait besoin de quelqu'un qui parle les langues que je maîtrisais parfaitement, et ensuite, quand il est tombé malade, il m'a demandé de t'espionner. C'était cette preuve qu'il détenait contre ma mère que je cherchais dans la chambre forte le jour où tu m'y as surprise. Elle aurait dû se trouver dans le dossier que j'ai réussi à marchander avec toi.

— Elle *aurait* dû se trouver ? Elle n'y était pas ?

— Non. Quand je suis rentrée chez moi et que j'ai ouvert le dossier, il était complètement vide.

— Il devait s'agir d'une information cruciale pour que ta mère accepte que tu cèdes à ce chantage odieux, répliqua Xander d'une voix vibrante de colère.

— En fait, elle m'a interdit de céder au chantage de Zeus. Elle a toujours été surprotectrice avec moi. Mon père aussi. C'est peut-être pour cela que j'ai refusé de l'écouter et lui ai déclaré que je saurais gérer la situation. Ce soir-là, quelque chose s'est déclenché en moi, le besoin de prendre le contrôle de ma vie et de faire mes preuves. De lui montrer que moi aussi j'étais capable de la protéger.

Pandora s'interrompit de nouveau un bref instant avant de poursuivre.

— Tu m'as aidée à m'en rendre compte, tu sais ? Au beau milieu de cette histoire… je t'ai rencontré et j'ai réalisé que j'attendais davantage de la vie que ce que je vivais en Irlande. Grâce à toi, j'ai pris conscience que j'avais besoin d'autre chose. J'aurais dû comprendre, à ce moment-là. Ce n'est pas normal d'avoir de telles pensées vis-à-vis de quelqu'un qu'on ne connaît pas.

— Quel genre de pensées ? demanda-t-il lentement en se rapprochant. Parce qu'elles ne pouvaient pas être plus scandaleuses que celles que j'entretenais de mon côté.

— Tu... Toi aussi, tu... ?

— Pendant des mois, chuchota-t-il. J'ai passé des mois à repenser à ce soir-là et à me demander ce qui serait arrivé si tu n'avais pas disparu. Des mois à te résister et à haïr Zeus de m'avoir obligé à te côtoyer. Je suis désolé qu'il se soit servi de toi contre moi de cette façon. Je suis désolé qu'il vous ait trompées, ta mère et toi. Il savait exactement ce qu'il faisait.

— Pourquoi es-tu resté aussi froid, aussi distant avec moi durant tout ce temps ? As-tu cru que j'avais tout planifié ? Que notre rencontre n'était pas fortuite ?

— J'étais furieux contre moi-même. Je suis le fils de mon père, et il n'a jamais répugné à franchir la frontière entre employeur et employées. Je n'avais jamais fait le moindre faux pas, jamais frayé de près ou de loin avec l'une de mes subordonnées. Et Zeus t'a imposée à moi, toi, la tentation personnifiée. La plus difficile à laquelle j'aie jamais eu à résister.

Incapable de prononcer un mot, Pandora déglutit avec effort. Le désir montait inexorablement en elle, et brusquement elle comprit que, s'ils succombaient de nouveau à cette folie, rien ne les arrêterait plus. Elle brûlait de faire l'amour avec Xander, plus que tout au monde. À présent, elle ne pouvait plus ignorer le désir primaire qui la consumait dès qu'il se trouvait à proximité. Mais il ne s'agissait pas seulement de désir sexuel. Elle le désirait lui. Xander.

— Je mentirais si je disais que je ne suis pas attirée par toi, commença-t-elle après avoir pris une inspiration profonde. Je suis incapable de faire semblant.

— Et tu crois que moi je ne suis pas attiré par toi ? Même après ce que je viens de te dire ?

— Je ne sais pas ce que tu penses ou ressens, tu es un véritable mystère pour moi, mais… j'ai toujours envie de te pousser à bout. De te faire craquer, de voir ce qui se cache sous le masque derrière lequel tu te protèges. De te dévoiler ce qui se cache sous le mien.

— Pour que j'exauce tes fantasmes ? murmura-t-il en l'attirant contre lui.

— Oui, chuchota Pandora, choquée par sa propre audace.

Il ferma brièvement les yeux.

— Je peux à peine te regarder sans avoir envie de t'allonger sur la première surface plane venue, que ce soit un lit ou le plancher…

— Ou un bureau ? suggéra-t-elle.

Une plainte jaillit des lèvres de Xander. Il glissa les mains dans ses cheveux et prit sa bouche avec passion.

— Ce n'est pas normal, murmura-t-elle, le souffle court. J'ai l'impression que je vais m'embraser…

— Je vais te dire une chose, Pandora. Ce n'est pas normal pour moi non plus.

Quand elle sentit la puissante érection se presser contre son ventre, Pandora ferma les yeux et serra les jambes pour contenir la chaleur qui sourdait entre ses cuisses. Elle brûlait de s'y abandonner, mais elle résista. Avant qu'ils aillent plus loin, elle devait se débarrasser des pensées dérangeantes qui tournaient dans sa tête. Parce que le désir sexuel disparaîtrait forcément et qu'elle avait accepté de rester sa femme pendant un an.

Tout à coup, ce qu'ils faisaient lui parut complètement ridicule. Mais quand elle voulut s'écarter, Xander l'en empêcha en lui tenant fermement les hanches.

— J'ai mes raisons de ne pas coucher avec toutes les femmes qui me plaisent, dit-il, la voix rauque. Je n'aurais jamais cru déroger à mes propres règles. Jusqu'à ce que tu…

Elle ferma les yeux pour résister à la merveilleuse

sensation que ces paroles faisaient naître en elle. Cela ressemblait trop à de l'espoir. Or elle s'était promis de ne jamais se laisser aller à espérer, quoi qu'il arrive entre eux.

— J'ai passé quatre mois à me contrôler en permanence dès que je me retrouvais à proximité de toi, poursuivit Xander en laissant glisser un doigt entre ses seins.

Pandora frissonna tout entière.

— J'ai besoin de savoir que tu ne le regretteras pas demain matin, dit-elle en le regardant dans les yeux. Que, si nous nous offrons une nuit de plaisir, nous serons capables de l'assumer ensuite.

Une nuit devrait leur suffire. Parce qu'elle ne prendrait pas le risque d'avoir le cœur brisé. Ce qui arriverait immanquablement s'ils s'autorisaient davantage.

— Une nuit ? fit-il d'un ton taquin en la serrant contre lui. Poses-tu délibérément cette limite parce que tu sais que j'en veux toujours plus ?

— Je suis sérieuse, répliqua-t-elle, le plus fermement possible. C'est important pour moi.

— Une nuit, répéta-t-il lentement, le regard brûlant.

Elle dut faire un effort surhumain pour ne pas reprendre ses paroles et se donner complètement à lui, corps et âme, sans se soucier des conséquences.

Mais Pandora se connaissait trop bien. Elle savait que ses sentiments pouvaient prendre des proportions incontrôlables et que, si elle se laissait aller, elle finirait par en souffrir. Elle était trop vulnérable pour un homme comme Xander, trop confiante. S'il lui témoignait ne serait-ce qu'un semblant d'affection, elle ne pourrait s'empêcher d'espérer plus, toujours plus.

Elle méritait mieux, et peut-être qu'un jour un homme comblerait ses attentes, mais ce ne serait pas Xander, elle le savait. En revanche, elle pouvait s'offrir une nuit avec lui.

Pour une fois, elle serait égoïste et exaucerait ses propres désirs. Elle ferait face aux conséquences plus tard.

Quand elle se passa le bout de la langue sur la lèvre, un éclat sauvage illumina le regard de Xander. Il la prit par la main et l'entraîna vers une chambre somptueuse où leurs bagages avaient été déposés. Il lui referma les bras autour de la taille, la souleva et la déposa au centre de l'immense lit. Puis il s'étendit au-dessus d'elle en s'appuyant sur les avant-bras, mais elle sentit son corps peser sur le sien et sa merveilleuse chaleur se répandre en elle.

Jusqu'à ce qu'il lui caresse doucement la joue du bout du doigt. Elle se raidit, traversée par une sensation désagréable.

Xander arrêta aussitôt son geste et fronça légèrement les sourcils. Mais comment lui dire qu'elle préférait les caresses plus fermes sans passer pour une… maso ?

— Si je fais quelque chose qui te déplaît, dis-le-moi, déclara-t-il avec une pointe dure dans la voix.

— Je préfère les caresses plus fermes.

— Comme ça ? demanda-t-il en accentuant légèrement la pression de ses doigts.

Pandora répondit par un gémissement de plaisir ; il sourit, d'un lent sourire de prédateur qui la fit trembler tout entière.

— Je suis un perfectionniste, murmura-t-il. Au bureau comme au lit. Je vais découvrir et te faire tout ce que tu aimes. Et ensuite, je recommencerai, encore et encore, jusqu'à ce que tu ne penses plus à rien et ne sois plus que sensations.

Une main refermée sur son cou, il se pencha pour l'embrasser entre les seins, avant de les dévorer avec un mélange de fermeté et de précision qui la fit haleter. Il suçait, léchait, aspirait les mamelons tour à tour avec un art divin. De plus en plus excitée, Pandora le laissa explorer son corps et faire tout ce qu'elle brûlait qu'il lui fasse.

Elle vibrait. Son corps en réclamait davantage. Réclamait Xander. Elle s'imagina glissant les doigts dans ses cheveux pour le guider vers l'endroit où elle voulait sa bouche, mais n'osa pas. Une part d'elle-même ne s'abandonnait pas complètement au plaisir, de crainte de faire quelque chose d'inapproprié.

— Tu es avec moi ? chuchota-t-il contre sa peau.

Dans sa voix, Pandora perçut de l'inquiétude, mais elle ne s'y trompa pas – il *exigeait* qu'elle soit avec lui. Et lorsqu'il redressa la tête, l'intensité de son regard le lui confirma.

Comme s'il avait compris que quelque chose l'empêchait de se laisser aller, il s'étendit sur elle, son grand corps musclé emprisonnant le sien, et comme par magie Pandora se détendit instantanément.

— Embrasse-moi..., chuchota-t-elle.

Il prit aussitôt sa bouche, fermement, farouchement.

Le sentir peser sur elle était fabuleux. Elle répondit au baiser avec la même fièvre. Son corps se réveillait à nouveau, ses cuisses enserraient les hanches de son amant. La bouche de Xander avait un goût de miel. Elle voulait le savourer, le dévorer.

Quand il écarta le visage du sien, elle ne put retenir un petit grognement de frustration.

— Je te retrouve, dit-il avec un sourire dévastateur.

Puis, sans plus attendre, il s'attaqua à la fermeture Éclair de sa robe, et Pandora éclata de rire lorsqu'il finit par prendre la tirette entre ses dents pour la faire descendre jusqu'en bas.

Elle contempla la tête brune penchée au-dessus d'elle tandis qu'il écartait lentement sa robe et posait les mains sur sa peau. Les lèvres expertes les remplacèrent bientôt, explorant chaque partie de son corps qu'il dénudait.

— Cette robe m'a torturé toute la soirée. Je me suis

imaginé cent fois en train de te l'ôter, de découvrir petit à petit tes courbes affolantes.

Tout en parlant, il était arrivé à l'endroit de son corps qui le réclamait le plus. Il redressa la tête, leurs regards se croisèrent une fraction de seconde. Les yeux bleus étaient incroyablement sombres, presque noirs. Il fit glisser sa culotte de soie sur ses jambes. Pandora retint son souffle en sentant les lèvres de son amant effleurer sa chair offerte. Lorsqu'il la caressa avec sa langue, elle crut défaillir de plaisir. Mais il la tenait fermement par les hanches et continua à la goûter, avant de la dévorer goulûment.

Elle sentit le plaisir monter en elle en ondes enivrantes suivies de vagues plus puissantes. Elle creusa les reins. C'était trop et pas assez. La volupté atteignait des hauteurs si incroyables que Pandora craignit de s'évanouir. Xander s'arrêta, leva les yeux et la regarda, les lèvres entrouvertes.

— Montre-moi ce que tu veux.

Surprise par sa propre audace, elle enfouit les doigts dans ses cheveux et le guida.

— Oui, murmura-t-il contre son sexe. Guide-moi. Laisse-moi te faire jouir.

Cette fois, les vagues se transformèrent en un raz-de-marée impossible à endiguer. Lorsqu'elle cria, trembla, Xander la tint solidement. Et quand elle retomba, épuisée et rassasiée, il redressa la tête et la regarda d'un air farouche et triomphant.

— Les préservatifs sont dans mon sac, dit-il, la voix rauque.

— Oh..., murmura-t-elle en rougissant.

Elle avait failli oublier. Encore une fois.

Xander avait du mal à brider son désir. Disparue, la Pandora timide et réservée. Elle avait laissé place à une créature insatiable qui paraissait déterminée à lui faire perdre la tête.

Les beaux yeux gris brillaient du même désir que le sien. De la même impatience.

— Viens, chuchota-t-elle. *Maintenant*.

La maintenant allongée sous lui, il se débarrassa rapidement du reste de ses vêtements avant de se pencher vers son sac pour y prendre un préservatif.

Il la pénétra d'un coup de reins lent et vigoureux. Ils gémirent à l'unisson. Xander s'immobilisa, de crainte de faire disparaître la sensation délicieuse qui l'emplissait. Jusqu'à ce que Pandora remue les hanches et écarte les cuisses. Incapable de résister, il s'enfonça plus profondément en elle, instaurant un va-et-vient de plus en plus rapide. Le corps doux et moelleux l'enveloppait, exacerbant son désir. Penchant la tête, il aspira un mamelon dur entre ses lèvres. Elle haleta, de plaisir et de douleur, tout en l'attirant farouchement en elle.

— Jouis..., chuchota-t-elle. Pour moi...

C'en fut trop pour Xander. Il bascula dans l'extase tandis que le plaisir explosait en lui, si intense, si fabuleux, qu'il laissa échapper une longue plainte rauque tandis que son corps était agité de soubresauts et de tremblements convulsifs. Pandora lui resserra les jambes autour des hanches et s'envola à son tour dans la jouissance. Il s'affaissa à côté d'elle et l'attira contre lui, le souffle court et en proie à une étrange sensation d'euphorie.

Assise devant la fenêtre, Pandora regarda la pluie fine tomber sur les montagnes dont le sommet semblait absorbé peu à peu par les nuages. Il faisait un temps maussade, tout paraissait gris. À l'image de ses pensées.

Comment serait-ce une fois qu'ils auraient regagné New

York ? Elle songea à leur grand mariage, à l'interminable liste d'invités... Mais au fond, elle savait très bien pourquoi elle se sentait aussi déstabilisée. Xander avait réussi à ébranler son équilibre dès l'instant où elle l'avait rencontré.

Vivre une aventure d'une nuit ne lui ressemblait pas. Cela allait à l'encontre de tout ce dont elle croyait avoir besoin pour se sentir à l'aise sexuellement. Mais avec Xander, Pandora n'avait pas eu l'impression de vivre une aventure sans lendemain. Ça avait été comme retrouver son chemin après avoir erré pendant des mois dans une sorte de désert. Comme rentrer enfin chez elle.

Pandora chassa cette pensée insidieuse. Rien de bon ne pourrait en sortir. Elle avait pris ce que Xander était disposé à lui offrir, point final. Et ils savaient tous les deux que c'était la meilleure attitude à adopter. Mais elle avait beau le savoir, elle ne s'était jamais sentie aussi démunie de sa vie. Elle jeta un nouveau coup d'œil à sa montre. Que faisait Xander ? Où était-il ?

En attendant, elle ferait mieux d'aller se préparer à partir. Tant pis pour la petite virée touristique.

Mais au moment où elle redescendait avec sa valise, elle vit Xander s'avancer vers elle en fronçant les sourcils.

— J'avais quelques détails pratiques à régler avec Ran. Où vas-tu ? J'espérais te trouver encore au lit.

— Tu n'étais pas là quand je me suis réveillée, dit Pandora d'un ton neutre en fixant un point au-dessus de l'épaule de Xander. Et comme tu ne revenais pas, je commençais à me demander si je devais t'attendre ou retourner à Osaka sans toi.

— Tu as pensé que je t'avais abandonnée après t'avoir fait l'amour toute la nuit ? Que je te laisserais rentrer à New York seule ?

Il tendit la main vers la sienne, manifestement troublé. Mais Pandora recula d'un pas, sachant que, s'il la touchait, avec cette même douceur qu'elle voyait dans ses yeux... elle serait perdue. Elle devait se sortir de cette situation impossible dignement. Et si elle cédait au désir stupide de se jeter dans ses bras, elle n'y arriverait pas.

Sauf qu'il fut plus rapide qu'elle. Sans lui laisser le temps de réagir, il franchit le peu d'espace qui les séparait, et elle se retrouva dans ses bras.

— Au départ, je n'avais jamais envisagé un tel rapprochement, et nous savons tous les deux que c'est probablement une très mauvaise idée, mais nous sommes manifestement incapables de contrôler le désir que nous éprouvons l'un pour l'autre.

— Parle pour toi. Je pourrais arrêter n'importe quand si je le décidais, mentit Pandora.

Il se contenta de hausser un sourcil moqueur.

— Que dirais-tu de rester un peu plus longtemps au Japon ?

Rester. Une sorte de clameur résonna en elle. Les ténèbres qui avaient commencé à l'envahir s'éclairèrent. Xander lui proposait de rester ? Cela paraissait trop beau pour être vrai.

— Combien de temps ?

— À vrai dire, je n'ai pas besoin d'être à New York avant la semaine prochaine. Ils se débrouilleront très bien sans moi d'ici là. Cela fait trois ans que je n'ai pas pris de vacances.

— Ah, je comprends. Tu souhaites faire une pause.

— Nous le méritons tous les deux, non ? Disons que c'est une façon de fêter l'expansion de l'entreprise. Ils comprendront aisément que nous puissions désirer prolonger notre lune de miel – nous sommes censés être fous l'un de l'autre, après tout.

Ils. Xander pensait au conseil d'administration, naturellement. À la façon dont il se servait de leur soi-disant lune de miel et en tirait le meilleur parti. Ses paroles la heurtèrent profondément, à tel point qu'elle faillit lui parler du tumulte qui régnait dans son cœur.

Il la désirait – pour l'instant, du moins. Et elle le désirait aussi. Mais elle devait refréner ses sentiments, se protéger.

— D'accord, mais pas plus d'une semaine. Promets-le-moi, Xander.

Son corps réclamait le sien. Une force incontrôlable la poussait vers cet homme au charisme sensuel époustouflant. Mais elle avait besoin de savoir précisément où se trouvait désormais la frontière. Sinon, son esprit se livrerait à toutes sortes de fantasmes, nourrirait des espoirs absurdes.

— Je te le promets, lui murmura-t-il à l'oreille.

Cet homme était sa drogue, et elle prendrait tout ce qu'il lui offrirait, sans se soucier des conséquences. Elle y ferait face plus tard.

11

Après avoir passé une journée fabuleuse à explorer Kyoto, ils montèrent à bord du train panoramique de luxe où ils allaient passer cinq nuits. Leur suite était d'un raffinement inouï, et Xander avait bien sûr réussi à réserver le train entier pour leur usage personnel, juste comme ça, alors que Pandora savait qu'il était très difficile d'obtenir des places et qu'il fallait s'y prendre au moins deux ans à l'avance.

Ils bénéficiaient des services d'un chef privé et de personnel zélé dont les membres se dirent ravis de les faire profiter d'une authentique expérience japonaise.

Le train longeait la célèbre mer intérieure de Seto – la vue était spectaculaire –, et leur chambre comprenant une large vitre sans tain ils firent l'amour avec le paysage qui défilait à côté d'eux.

L'avant-dernier jour, ils s'arrêtèrent et prirent le ferry pour se rendre à Miyajima-Itsukushima, l'île sacrée du Japon, montagneuse et couverte d'érables dont les feuillages déclinaient toutes les nuances de rouge et d'orangé. C'était comme remonter dans le temps, songea Pandora en regardant les daims sauvages qui peuplaient l'île par centaines. Pas de feux de circulation ; la patience et la courtoisie suffisaient. Il y avait beaucoup de touristes, bien sûr, mais un calme impressionnant régnait néanmoins sur l'île.

Ils marchèrent en silence côte à côte sur le sentier, le vent faisant bruire doucement les feuilles des arbres, jusqu'à ce qu'ils arrivent au bas de marches raides qui s'élevaient devant eux. Quand ils parvinrent en haut et découvrirent le célèbre temple bouddhiste, un étrange et puissant sentiment d'exaltation envahit Pandora. Avec Xander à côté d'elle, elle se sentait capable de repousser toutes ses limites.

Une émotion intense la submergea alors, si puissante qu'elle n'aurait pu le regarder sans se jeter dans ses bras.

Par chance, Xander choisit cet instant pour lui raconter l'histoire du sanctuaire. Fidèle à lui-même, il avait fait des recherches avant de quitter le train, sans doute pendant qu'elle dormait.

Il était le guide idéal. Avec lui, elle se sentait détendue et libre parce qu'elle se sentait protégée, réalisa soudain Pandora. Elle repensa à ses grands projets de voyage à travers le monde entier... Et tout cela lui paraissait si insipide, si incolore, tout à coup.

Une fois que cette mascarade serait terminée, dans un an, ils ne se reverraient sans doute jamais. Cette pensée la frappa avec une telle violence qu'elle trébucha et vacilla légèrement. Xander lui prit aussitôt le coude pour la stabiliser. Mais soudain, Pandora ne put supporter ce contact et ralentit le pas pour mettre un peu de distance entre eux.

Ils avaient décidé de profiter de cette semaine pour vivre leur désir à fond, certes, mais cela ne voulait pas dire pour autant que Xander avait changé d'avis sur la nature de leur relation. Elle ne devait pas l'oublier.

Lorsqu'ils repartirent en direction de la petite plage située à côté du port, elle ignora les coups d'œil perplexes que lui jetait Xander. Il s'interrogeait sur son silence. Mais comment lui expliquer qu'elle ne supporterait pas un échange verbal ? Et pourquoi se sentait-elle aussi sensible, aussi vulnérable ?

Elle s'était trop habituée au confort. À la force de Xander qui lui faisait l'effet d'un baume. Or elle ne pouvait se permettre de s'y habituer. Ni de s'attacher à lui. Elle avait affirmé que cette brève aventure lui convenait. Peut-être y avait-elle cru elle-même au début. Mais à présent, elle se rendait compte du risque insensé qu'elle courait. Celui de sortir de cette histoire complètement détruite.

Lorsque son premier petit ami l'avait plaquée, Pandora avait été anéantie pendant deux semaines alors qu'elle n'était même pas amoureuse de lui. S'engager dans une relation intime représentant un processus complexe et éprouvant pour elle, rompre de tels attachements était tout aussi difficile, forcément.

Mais elle avait survécu à sa rupture brutale avec Cormac, non ? Elle avait ramassé les morceaux et était partie à New York, même si elle s'y était rendue parce que Zeus l'avait fait chanter.

Peut-être que dans un an, après le divorce, elle reviendrait au Japon. Pourquoi pas ?

Sans Xander...

À cet instant, il lui enlaça la taille et referma les mains sur son ventre. Un mélange d'émotions troubles se déploya aussitôt en elle, la prenant par surprise. L'expression *peine de cœur* lui avait toujours paru ridicule, et pourtant cela correspondait exactement à ce qu'elle ressentait en ce moment. Sa poitrine se serra, sa gorge devint sèche.

Pandora renversa la tête en arrière et huma les effluves de l'eau de toilette de Xander ainsi que la senteur unique de sa peau, comme pour les graver à jamais dans sa mémoire. Parce que ce serait tout ce qu'il lui resterait du temps qu'ils passaient ensemble.

— Tu es bien silencieuse, murmura-t-il en appuyant les lèvres sur sa tempe.

Comme elle ne répondait pas, il la fit tourner dans ses bras.

— Hello, dit-il en lui soulevant doucement le menton pour la forcer à le regarder.

— Hello, répliqua-t-elle avec un sourire forcé.

— Tout va bien ?

— Je me sens un peu… déstabilisée.

Elle inspira profondément et rassembla tout son courage.

— Ces derniers jours ont été délicieux. J'ai eu l'impression d'être immergée dans une comédie romantique. Mais je sais qu'une fois que nous serons de retour à New York… la réalité reprendra ses droits, et je me demande comment ce sera lorsque nous redeviendrons… ce que nous sommes.

— Tu te demandes si je vais redevenir le salaud de P-DG froid et distant, c'est cela ?

— Je ne t'ai jamais vu comme quelqu'un de froid, l'interrompit-elle.

— Mais un peu salaud quand même ? fit-il en haussant un sourcil.

Pandora sentit le rire monter, mais le contint.

— Peut-être un tout petit peu, acquiesça-t-elle en souriant.

Lorsque Xander pencha la tête pour lui mordiller l'oreille, elle se détourna, surprise par la facilité avec laquelle il passait de l'humour au contact intime.

À bord du ferry, ils restèrent silencieux tous les deux, mais il garda un bras autour de sa taille tandis qu'ils regardaient le soleil descendre à l'horizon.

Dans leur salon privé, le thé était servi, accompagné de pâtisseries et de fruits frais, le tout éclairé par des bougies blanches. Mais Pandora n'avait pas faim. Un poids terrible l'oppressait, lui coupant l'appétit. Elle avait accepté la proposition de Xander sans en prévoir les conséquences désastreuses. Elle avait cru pouvoir être spontanée et insouciante, alors que, se connaissant, elle aurait bien dû savoir qu'elle allait tomber dans le piège.

Profitant du fait que Xander s'excusait pour répondre à un appel, elle alla se réfugier dans la salle de bains et s'aspergera le visage d'eau froide. Puis elle resta un long moment à contempler son reflet en même temps qu'elle essayait de calmer les battements désordonnés de son cœur.

Quand elle sortit de la salle de bains, Xander l'attendait, assis sur le pied du lit.

— J'avais besoin de me rafraîchir, dit-elle en repoussant une mèche derrière son oreille.

Avec un peu de chance, il ne verrait pas qu'elle avait pleuré. Mais il s'en aperçut, évidemment.

— Que se passe-t-il, *agapi mou* ? murmura-t-il. Parle-moi.

Pandora ferma les yeux. Elle ne parlait pas le grec, mais elle savait ce que cela voulait dire, « mon amour ». Or il ne l'aimait pas. Elle ne serait jamais son *amour*.

Ses dernières défenses s'effondrèrent.

— Je n'ai pas beaucoup d'expérience en la matière, je sais, commença-t-elle d'une voix à peine audible. Mais je me demande comment, après avoir partagé le même lit pendant une semaine, un homme et une femme peuvent se comporter comme des étrangers l'un avec l'autre. Ce genre d'abandon sexuel ne me ressemble pas.

— Cela ne me ressemble pas non plus, répliqua-t-il lentement. Je savais que nous étions attirés l'un par l'autre, mais c'est devenu pour moi comme une drogue.

Il se leva et la rejoignit en quelques enjambées.

— Quinn..., lui murmura-t-il à l'oreille en la serrant contre lui.

Ce simple petit mot, prononcé avec un accent si tendre, fut plus qu'elle n'en pouvait supporter.

— Tu veux bien cesser d'être aussi merveilleux ?

Pandora déglutit avec effort et lui donna un petit coup de poing dans le bras.

— Sinon, lorsque nous rentrerons à New York, je ne sais pas comment je vais pouvoir me trouver dans la même pièce que toi sans avoir envie de me jeter à ton cou.

Une lueur sombre traversa fugacement les yeux bleus, puis il pencha la tête et l'embrassa en la soulevant contre lui. Leurs corps ne faisaient plus qu'un, et l'espace d'un instant Pandora fut effrayée par l'intensité de la passion qui s'emparait d'elle dès qu'il l'approchait. C'était trop et pas assez. Ce ne serait jamais assez.

Elle ferma les yeux et serra les paupières de toutes ses forces, mais une larme glissa sur sa joue. Xander ne s'en aperçut pas, trop occupé à la lécher, sur la gorge, entre les seins... Il s'agenouilla devant elle et la poussa doucement jusqu'à ce qu'elle soit adossée contre la porte.

Quelques instants plus tard, il lui avait remonté sa robe autour de la taille et l'avait débarrassée de sa culotte en soie.

D'un geste adroit, il lui souleva un genou et l'arrima sur son épaule. Le train roulait maintenant à pleine vitesse, le paysage défilait à toute allure derrière la vitre. La bouche de Xander trouva ce qu'elle cherchait. La langue experte commença à l'explorer, la fouiller, tandis que la spirale brûlante se déployait dans tout son corps.

Pandora atteignit l'orgasme en quelques secondes et, si elle n'avait pas été tenue par des bras solides, elle se serait effondrée sur le sol. Quand elle se risqua à baisser les yeux, Xander l'observait, une expression inconnue empreignant ses traits. Elle eut envie de se couvrir, ou de s'éloigner, pour échapper à ce regard, à la sensation bouleversante qu'il faisait naître en elle.

Se redressant, il la souleva dans ses bras et la déposa délicatement sur le lit. S'allongeant au-dessus d'elle, il murmura quelques paroles inintelligibles, le visage enfoui dans ses cheveux, comme pour s'imprégner de leur parfum. Il y avait quelque chose d'incroyablement intime dans ce geste. Et soudain, Pandora regretta de ne pas avoir appris le grec.

C'était la première fois qu'elle tombait amoureuse, et bien sûr il fallait que ce soit d'un homme farouchement indépendant. Elle avait bien tenté de se protéger, mais maintenant cela ne servait plus à rien. Ce qui s'était passé au Japon allait devoir rester au Japon.

Xander se redressa et la regarda dans les yeux.

— Dis-moi ce qui ne va pas, Pandora.

— J'ai enfreint la règle, répondit-elle simplement.

— Pardon ? fit Xander sans bouger.

Elle descendit du lit et s'avança vers la vitre.

— Pour moi, ce n'est pas seulement une drogue, Xander. Je suis...

Lentement elle se retourna vers lui et secoua la tête.

— Je suis amoureuse de toi.

— Non, tu te trompes, rétorqua-t-il automatiquement.

Elle tressaillit comme s'il l'avait giflée.

— Est-ce si impossible à croire ? Je n'avais encore jamais dit cela à personne.

Xander ne désirait qu'une chose, la reprendre dans ses bras et cesser cette conversation absurde. Elle venait de jouir sous ses lèvres, bon sang – comment la situation avait-elle pu déraper ainsi ?

— Je ne te comprends pas, poursuivit Pandora. Tu as laissé Zeus te déposséder de tant de choses. Il est mort, et tu continues à te servir de ta peur de lui ressembler pour garder les autres à distance. Je crois que, ce que tu as fait vis-à-vis d'Eros, tu ne l'as pas fait par égoïsme mais par amour. Tu n'as pas besoin de repousser tout le monde, Xander.

Interloqué, il tendit la main vers elle. Il se contenterait de l'embrasser.

— Non, dit-elle fermement en le repoussant.

Xander se figea. Son bras retomba de lui-même.

— Je ne peux pas continuer comme ça. Je jouerai mon rôle quand nous serons de retour à New York. Mais ce qui s'est passé ici entre nous… restera ici.

— C'est vraiment ce que tu veux ? demanda-t-il, les mâchoires crispées. Que nous en restions là ?

— Je suis toujours ta femme et le serai pendant un an. T'attendais-tu à ce que je couche indéfiniment avec toi ?

Elle déglutit. Sa lèvre inférieure tremblait.

— Cela doit se terminer. J'y mets un terme. Maintenant.

La rage monta en lui. Il serra les poings pour la contenir. Il était incapable de l'aimer, quoi qu'elle en dise. Il n'était pas fait pour les relations à long terme, il était trop égoïste, trop froid et concentré uniquement sur l'expansion de son empire. En outre, il avait trop vu ce que Zeus avait fait à sa mère, à la plupart des femmes qu'il avait connues. Accepter l'amour de Pandora, ça aurait été la condamner à la souffrance. Elle méritait mieux que lui. Un homme digne de son amour, et plus jeune que lui, peut-être.

Cette histoire devait se terminer, elle avait raison, mais il ne se sentait pas encore prêt à se priver du plaisir qu'ils trouvaient dans les bras l'un de l'autre. Preuve de son égoïsme ? Peu importait. Mais au fond de lui-même, Xander savait que, s'il n'avait appartenu qu'à lui, il aurait continué cette liaison jusqu'à ce qu'ils soient détruits tous les deux et que Pandora le haïsse de ne pas être celui dont elle avait besoin.

Aussi se contenta-t-il d'un bref hochement de tête avant de s'éloigner d'elle, mais non sans avoir vu une lueur blessée traverser les beaux yeux gris.

12

Pandora contempla son reflet en soupirant. Après ces derniers essais de coiffure et de maquillage, il ne lui resterait plus rien à faire avant le jour J. Plus aucune soirée mondaine ni aucun dîner n'étant prévus, elle n'aurait pas à s'afficher aux côtés de Xander dans le rôle de l'épouse aimante.

Perdue dans ses pensées, elle tressaillit en entendant soudain la maquilleuse s'adresser au coiffeur à voix basse.

— Nous ne pouvons pas nous occuper d'elle en même temps, ce serait trop pour elle. La pauvre, elle doit déjà se sentir tellement mal.

Ils parlaient d'elle comme si elle n'était pas là… Ils la prenaient pour un objet de pitié qu'il fallait ménager.

Serrant les dents, elle se retourna et les gratifia d'un regard glacial, accompagné bien sûr d'un sourire poli, sa meilleure arme.

La maquilleuse et le coiffeur le comprirent aussitôt et s'excusèrent avec empressement, avant de l'écouter avec attention quand elle leur expliqua qu'ils n'avaient pas à lui prêter de soi-disant incapacités ou difficultés.

— Je suis vraiment désolée, dit la maquilleuse. Mon neveu est autiste aussi, alors j'ai pensé que…

— Vous êtes tout excusée.

La jeune femme semblait si embarrassée que Pandora ne souhaitait qu'une chose : mettre fin à ce moment pénible. Par ailleurs, un détail la troublait profondément. Comment la maquilleuse savait-elle qu'elle était autiste... ?

Résolue à en avoir le cœur net, elle lui posa carrément la question.

— Je... je l'ai lu dans un article qui a été publié l'autre jour.

— Quel article ? demanda Pandora en sentant quelque chose sombrer dans sa poitrine.

La maquilleuse et le coiffeur se regardèrent, puis la jeune femme lui demanda si elle pouvait lui emprunter sa tablette, la souleva, tapota rapidement l'écran, et la lui tendit.

Pandora vit alors son propre visage souriant à Xander, lors d'un gala qui avait eu lieu quelques jours plus tôt.

Elle passa le bout du doigt sur l'écran pour faire apparaître le texte. « L'héritier de Zeus », titrait l'article, avant d'évoquer la gestion de Xander de Mytikas Holdings durant la maladie de son père puis après son décès. Zeus était dépeint comme un homme puissant, mais l'auteur de l'article ne faisait aucune allusion aux transactions douteuses dont il avait été l'instigateur. En revanche, il décrivait Xander comme un opportuniste aux origines misérables et devant uniquement sa réussite à une mère cupide et rusée.

Scandalisée et émue, Pandora faillit abandonner la lecture de cet article mensonger lorsqu'elle aperçut son propre nom dans le paragraphe suivant, illustré par une deuxième photo la montrant assise au bord de la piste de danse lors du bal de fin d'année qui avait clôturé sa dernière année d'université.

... fille de la sénatrice irlandaise Rosaline Quinn
... douée pour les langues ... adolescence difficile

... comportement bizarre ... étourdie ... trouble du spectre autistique ...

Pour conclure, l'auteur se demandait si Mlle Quinn était à la hauteur de la position à laquelle elle aspirait, et si Xander Mytikas ne profitait pas de sa vulnérable assistante, comme son père ne s'était pas privé de le faire avec ses employées.

Pandora reposa sa tablette et ferma les yeux. Elle avait la nausée, ses oreilles bourdonnaient...

Lorsque Xander arriva une heure plus tard, elle était toujours assise au même endroit, la tablette posée à côté d'elle, dans le salon maintenant plongé dans le silence et la pénombre.

Dès qu'il l'aperçut, il se précipita vers elle et s'agenouilla à ses pieds.

— J'espérais que tu ne l'aurais pas encore vu, dit-il en soupirant.

Après une légère hésitation, il la prit dans ses bras. C'était la première fois qu'il le faisait depuis leur retour.

La tête blottie dans le creux de son épaule, Pandora s'abandonna contre lui, savourant sa merveilleuse chaleur.

Quand avait-elle commencé à avoir l'impression que rien ne tournait comme il fallait si Xander n'était pas à proximité ? se demanda-t-elle, la gorge nouée par l'émotion.

Il l'embrassa dans le cou. Les lèvres douces et fermes glissèrent sur sa gorge. Il redressa la tête une fraction de seconde, et leurs regards se croisèrent. Pandora sentit son souffle se bloquer dans sa poitrine. Le simple fait de le regarder l'ébranlait au plus profond de son être. Elle brûlait de prendre le beau visage entre ses mains et de l'attirer vers le sien. Même si c'était sans doute une très mauvaise idée.

Repoussant les doutes et l'anxiété qui l'assaillaient, elle l'attira contre elle et l'embrassa avec passion. Une plainte rauque la récompensa. Xander tenta de prendre le contrôle du baiser, mais Pandora refusa de le laisser faire. Elle avait besoin de maîtriser la situation. À défaut d'autre chose, ils avaient au moins ce lien farouchement sensuel, et elle voulait en être la maîtresse. Elle voulait l'embrasser partout et mémoriser chaque relief, chaque creux du corps magnifique de Xander pour s'en souvenir à jamais.

Lorsque, les mains fébriles, ils se déshabillèrent l'un l'autre, Pandora se dit qu'elle se servait de lui, qu'elle prenait ce qu'elle désirait, qu'elle était une femme libre et indépendante. Mais au moment où, assise à califourchon sur lui, elle se laissa couler sur la puissante érection, elle comprit qu'elle se racontait des histoires. Elle en voulait tellement plus. Elle voulait *tout* de lui. Cette prise de conscience ne fit que redoubler son ardeur, comme si elle pourrait chasser la souffrance en le chevauchant plus vite.

Mais cette fois, Xander ne la laissa pas contrôler les opérations. Prenant son visage entre ses grandes mains chaudes, il instaura un rythme plus lent et plus intense, tout en lui disant d'une voix rauque qu'elle était belle. Qu'il pourrait lui faire l'amour pendant des heures. Paroles qui emballèrent son cœur stupide.

Pandora refoula les émotions qui menaçaient de la submerger et se concentra sur le plaisir qui montait inexorablement en elle. Le son guttural qui franchit les lèvres de Xander agit comme un déclic. Toute pensée cohérente déserta son esprit. Un orgasme éblouissant l'emporta. Son corps tout entier trembla si fort qu'elle eut l'impression de se briser à l'intérieur.

La sensation qui se déploya alors dans sa poitrine fut

si intense et si douloureuse que Pandora craignit de ne pas la supporter.

Lorsqu'elle se réveilla un peu plus tard, allongée sur le lit où ils avaient de nouveau fait l'amour, Xander était assis au bord du lit et se tenait la tête entre les mains. Il avait l'air si torturé qu'elle se redressa en serrant le drap sur sa poitrine.

— Je ne vais pas m'excuser, dit-il d'une voix sourde. Mais je ne suis pas le dernier des salauds, même si je me suis mal comporté avec toi. Tu mérites tellement mieux.

— Oui, c'est vrai, acquiesça Pandora.

Il pouvait bien éprouver un peu de la souffrance qu'il lui causait, qu'il leur causait à tous les deux. Parce qu'il avait beau se croire incapable d'aimer, et il avait de bonnes raisons de le croire, c'était uniquement la peur qui le retenait. Et s'il le désirait de toutes ses forces, il la surmonterait.

— Je ne peux pas être celui dont tu as besoin, Quinn.

Le fait qu'il utilise son ancien surnom la fit tressaillir douloureusement. Au même instant, un coup de tonnerre formidable retentit, suivi d'un éclair fulgurant qui illumina le visage de Xander au moment où il se tournait vers elle.

Il dut se rappeler qu'elle détestait les orages, car il tendit aussitôt la main vers elle et lui prit le coude pour la rassurer.

Comment pourrait-elle jamais le haïr s'il continuait à se montrer aussi prévenant, aussi gentil avec elle ?

Pandora referma les bras autour de son buste et recula sur le lit pour ne pas céder au désir de se blottir contre Xander. Ou, pire encore, de le prendre dans ses bras.

— Tu *t'es* excusé, dit-elle dans un souffle.

— Tu m'as clairement fait comprendre que notre liaison était terminée lorsque nous avons quitté le Japon. Mais quand je suis entré dans le salon et que je t'ai vue… Tu avais l'air si triste, si blessée…

Il se passa la main sur la mâchoire.

— J'aurais dû me contrôler.

— J'étais consentante, Xander. Tu n'as rien à te reprocher.

Craignant de craquer, elle se leva et entra dans la salle de bains avant de verrouiller la porte derrière elle. Puis elle prit une longue douche et s'interdit de pleurer. Lorsqu'elle se résolut à regagner la chambre, il était parti.

Leur relation n'avait plus rien de professionnel, mais n'était pas non plus un vrai mariage. Ils semblaient être coincés quelque part entre les deux. Pandora avait toujours détesté les situations bancales, le flou.

À la perspective de rester dans cet appartement pendant une semaine, avec rien d'autre à faire que d'attendre son grand mariage, elle réalisa brusquement qu'elle étoufferait. Au sens physique du terme. Elle aurait dû accepter la proposition de Ran. Elle se serait sentie un peu plus ancrée dans la réalité et un peu moins seule. Être l'épouse de Xander la condamnait à une solitude abyssale. Ce n'était l'affaire que de quelques mois, mais pourrait-elle survivre à ce supplice ?

Cédant à une impulsion, elle prit son téléphone et sélectionna le numéro de Ran. Le cœur battant à tout rompre, elle fit tourner son alliance autour de son doigt en attendant que la communication soit établie, et vit soudain apparaître le visage de la jeune femme sur l'écran.

— J'accepte votre proposition, dit Pandora à la hâte. Si elle est encore valable.

— Mais oui, elle vous attendait. J'obtiens toujours ce que je désire, répliqua Ran avec un grand sourire.

Pandora essaya bien de lui rendre son sourire, mais ne réussit qu'à faire une pauvre grimace. À son grand embarras, ses lèvres se mirent à trembler et ses yeux s'emplirent de larmes.

— Que s'est-il passé ? demanda Ran en fronçant les sourcils et en scrutant l'écran.

— Je vais bien... Enfin... ça va aller... J'avais besoin de vous parler, c'est tout. Vous aviez dit que, si je changeais d'avis, je n'avais qu'à vous appeler. Je... J'ai pensé que je pourrais commencer par travailler à distance...

— J'ai une bien meilleure idée, l'interrompit Ran. Notre jet se trouve justement à New York – je leur demande de vous attendre, et vous partez demain matin !

Lorsque, après avoir mis au point les derniers détails avec Ran, Pandora mit fin à l'appel vidéo, elle ne retint plus ses larmes et s'effondra complètement.

13

Xander ordonna au chef d'exploitation de régler le problème *sur-le-champ* et raccrocha brutalement. À cause de deux erreurs grossières commises par la nouvelle traductrice, la pagaille avait régné pendant vingt-quatre heures, juste avant que la signature du contrat Tanaka soit annoncée dans la presse.

Après une matinée d'entretiens avec les médias durant lesquels il avait esquivé question après question concernant sa femme, il aurait aimé pouvoir descendre à la salle de sport et se défouler sur le punching-ball. Il avait besoin de frapper quelque chose. N'importe quoi.

Les conflits avec le conseil d'administration, leurs tentatives plus ou moins subtiles de saboter ce qu'il avait accompli au Japon, l'avaient éreinté. Mais en dépit de la fatigue et des journées de travail de dix-huit heures, dès qu'il s'allongeait, ses pensées revenaient immanquablement à Pandora.

Le lendemain de leur dernière entrevue, elle lui avait envoyé un e-mail tôt le matin pour l'informer qu'elle avait accepté la proposition de Ran et partait au Japon mais, quand il avait quitté la salle de réunion, le jet privé des Tanaka avait déjà décollé. Non qu'il ait eu l'intention de la retenir, pas du tout. Elle avait parfaitement le droit de vouloir prendre ses distances avec lui. Sans compter qu'elle n'avait aucun engagement à New York. Et qu'il s'était lui-même montré distant avec elle depuis le Japon.

Sa décision de mettre un terme à leur liaison avait été logique, il en était tout à fait conscient. Intellectuellement.

Charnellement, c'était autre chose. Il ne s'agissait pas uniquement de désir sexuel, mais d'un besoin plus intense et plus profond.

Une sorte de bouleversement intérieur avait eu lieu en lui.

L'aveu de Pandora l'avait terrassé et, pour surmonter le choc, il avait voulu resserrer son emprise sur elle, comme s'il pourrait, par sa seule volonté, transformer l'amour qu'elle éprouvait pour lui en un sentiment moins dangereux. Et sans se rendre compte qu'en repoussant son amour il l'avait blessée encore plus profondément.

Xander pencha la nuque en arrière et ferma les yeux. La distance qui les séparait était non seulement nécessaire mais essentielle. Or il avait beau le savoir et se le répéter, cette séparation lui était insupportable. Il venait de faire transporter ses affaires dans l'ancienne maison de ville de Zeus où il resterait jusqu'au terme de leur mariage. Plus que onze mois, en gros... Après quoi Pandora serait libre de partir. Libre de rencontrer quelqu'un de plus humain. Un homme qui ne soit pas un bourreau de travail, et de surcroît doté d'un tempérament grincheux et d'une incapacité à tomber amoureux.

La vision de Pandora avec un autre lui fut si insupportable qu'il se leva et envisagea sérieusement de descendre à la salle de sport affronter le punching-ball. Il inspira profondément, se dirigea vers la fenêtre et regarda les nuages sombres s'amonceler au-dessus de la ville.

Il avait compté les jours, attendant son retour pour le dîner de répétition. Lequel aurait lieu ce soir, avant le vrai dîner qui aurait lieu le lendemain. Mais maintenant qu'elle était revenue et l'attendait dans la propriété des Hamptons… Xander se sentait en proie à un sentiment de malaise.

Cette séparation avait été salutaire, se répéta-t-il en faisant tourner son alliance autour de son doigt. Tout était devenu trop intense, au Japon. Trop… domestique. Il en était venu à trop apprécier de se réveiller chaque matin à côté de Pandora, de travailler avec elle, de se balader avec elle. Rien d'étonnant à ce que la situation ait dérapé…

Connaissant ses propres limites, il avait décidé depuis longtemps que, fonder une famille, ce n'était pas pour lui. Choix qui avait été renforcé quand il avait appris les effets dévastateurs produits par Zeus sur les femmes avec qui il avait entretenu des liaisons plus ou moins longues. Les paroles de Pandora le hantaient. Elle avait dit qu'il se servait de sa peur de ressembler à Zeus pour repousser les autres. Mais en ce qui la concernait, elle se trompait sur ses motivations. Il ne cherchait pas à se protéger mais à la protéger elle. Il lui offrait une chance de trouver le bonheur avec un homme qui méritait son amour.

En attendant, il y avait ce dîner de répétition, avant la cérémonie durant laquelle il se tiendrait devant une foule de gens qu'il connaissait à peine. La liste d'invités comprenait des politiciens, des acteurs, et même un couple de rock stars. Ce serait le coup médiatique dont il rêvait depuis si longtemps.

Pandora avait affirmé qu'elle saurait affronter la situation et, en dépit de ses propres appréhensions, Xander avait confiance en elle. Alors pourquoi regrettait-il soudain de ne pas avoir organisé un rassemblement plus intime ? Quelque chose de… d'authentique.

Cette pensée le stupéfia, à tel point qu'il vacilla un instant. Il connaissait les termes de leur mariage – il les avait établis lui-même. Ils savaient tous les deux ce qu'était cette union et ce qu'elle ne pouvait pas être. Alors pourquoi ne pouvait-il s'empêcher de penser qu'elle lui appartenait désormais ?

C'était ridicule. Pandora n'était pas un objet et ne pouvait donc pas lui appartenir mais, à chaque fois que Xander songeait à la date butoir du divorce, lequel aurait lieu dans un avenir pas si lointain…

Revenant au présent, il pensa à ce qu'il lui restait à faire avant de partir pour les Hamptons. Eros venait d'arriver, et il ne s'agissait certainement pas d'une visite de courtoisie. En fait, Xander se doutait de la raison de sa venue.

Quand il s'avança dans la salle de réunion où l'attendait son frère, il fut surpris de ne ressentir ni ressentiment ni colère envers lui alors qu'il avait épousé son ex-fiancée. Peut-être parce que sa relation avec Priya avait été purement professionnelle et de courte durée. Pour un peu, Xander l'aurait félicité, avant de se souvenir qu'ils étaient des rivaux.

— Tu as bonne mine, dit-il simplement.

— Pas toi, répliqua son frère en haussant un sourcil. Le mariage ne produit manifestement pas les mêmes effets sur nous.

Eros n'était son cadet que de six ans, mais Xander lui avait toujours envié son énergie juvénile. Il se rappela le jour où ils avaient fait connaissance et qu'Eros s'était présenté comme « l'autre bâtard » devant leur père horrifié. Ils n'avaient pas toujours été rivaux. Ils avaient même été amis, autrefois. Jusqu'à ce que Xander soit forcé de faire un choix qui n'avait jamais cessé de le hanter depuis.

— J'ai appris que tu avais omis de m'inviter à ton nouveau mariage ?

— Si tu es venu ici pour me demander une invitation, tu aurais pu le faire par e-mail.

— Ne t'inquiète pas, ta femme s'est déjà chargée de

nous en envoyer. Priya l'a appelée pour lui parler de son espace de bureaux partagé avant son retour à New York.

Quoi ? Sa femme et Priya étaient en relation ? Mais étrangement, au lieu d'en être irrité, Xander trouva cela... charmant. Il imagina un avenir où lui et Eros fréquenteraient à nouveau les mêmes cercles. Où ils partageraient peut-être un dîner amical avec leurs épouses...

Il chassa cette idée, sachant qu'il était bien trop tôt pour envisager ce genre de choses. Il ne savait même pas pourquoi Eros était venu le voir. Son frère lui avait déjà annoncé qu'il renonçait à l'héritage paternel ; Nysio était toujours célibataire et déterminé à ne pas afficher son lien avec les Mytikas.

— Je n'ai pas trop de temps à t'accorder.

— Très bien, alors je vais aller droit au but, dit Eros en se levant.

Après avoir posé sa tablette sur la table, il tapota l'écran plusieurs fois puis la tendit à Xander à qui il fallut quelques instants pour comprendre le sens des tableaux et projections qui s'affichaient sous ses yeux. Mais quand il réalisa de quoi il s'agissait, son sang se glaça dans ses veines.

— Arcum... Dois-je comprendre que la société écran qui rachète des actions Mytikas à tour de bras... c'est toi ?

— Exact. Et toi, tu es Titan Corp.

Pour une fois, il n'y avait aucune trace d'humour dans la voix et le regard d'Eros. Il avait même l'air si sérieux que Xander eut l'impression d'y voir un peu de lui-même.

— Comment l'as-tu découvert ? demanda-t-il.

— Depuis dix ans, je me fais fort de me tenir au courant de tous les agissements de mes ennemis.

Xander baissa de nouveau les yeux sur l'écran.

— Si tu es venu dans le but de faire pression sur moi ou de racheter...

— Laisse-moi clarifier certains points, s'il te plaît. La

situation n'est plus la même qu'il y a quinze ans. Zeus est mort et, grâce à ma relation avec Priya, j'en suis venu à réaliser beaucoup de choses. Je ne suis pas venu en ennemi, Xander. Je suis ton frère. J'ai pris contact aussi avec Nysio Bacchetti. J'ai un projet en tête qui, je crois, pourrait tout changer pour nous trois.

Sur ces paroles, il se rassit, et Xander se retrouva assis à côté de son frère pour la première fois depuis plus de dix ans, à l'écouter lui décrire en détail son projet consistant à s'associer avec lui et Nysio dans un coup qui allait provoquer un véritable cataclysme dans le monde des affaires. À eux deux, ils détenaient la majorité des actions Mytikas Holdings.

C'était osé, offensif... Brillant.

— Personne n'avait encore eu une idée pareille, finit-il par dire au bout d'un long silence.

— Je ne m'attends pas à ce que tu me fasses confiance, répliqua Eros en se raidissant. Mais vu notre passé, je n'étais pas censé te proposer quoi que ce soit.

Et voilà. Il fallait bien que le passé refasse surface.

Xander laissa échapper un long soupir.

— Lorsque je t'ai chassé de New York, je l'ai fait parce que Zeus avait déjà appris que tu avais découvert beaucoup de choses. Il voulait faire un exemple avec toi. Te donner une leçon en t'impliquant dans une affaire de corruption qui aurait risqué de te coûter cher et t'aurait valu de passer quelques années à l'ombre. J'ai choisi ta liberté plutôt que notre lien fraternel. Et je savais que tu ne me le pardonnerais jamais, et que, si j'essayais de te dire la vérité, tu ne me croirais pas.

— Tu veux dire que ton but n'était pas de te débarrasser de moi ?

— Peut-être en partie - je suis un sale égoïste, je le sais. Mais je me rends compte maintenant que j'ai fait le mauvais choix. Je suis désolé, j'aurais dû t'en parler et te laisser te défendre tout seul.

— Tu es… désolé ? répliqua Eros, l'air incrédule. Eh bien… le mariage t'a vraiment porté un coup.

En effet. Pandora avait réussi à le faire sortir de sa réserve. Elle lui avait appris la valeur de l'ouverture à l'autre, de l'échange et du pardon.

Xander regarda celui qu'il avait haï pendant si longtemps, et brusquement les souvenirs *d'avant* remontèrent en lui. De l'époque où ils travaillaient ensemble, mus tous les deux par le désir d'apporter des améliorations dans l'entreprise de leur père.

À cet instant, Eros se pencha vers lui et lui passa le bras autour des épaules tandis que, surpris et profondément ému, Xander le laissait faire.

— Tu sais ce que cela signifie, n'est-ce pas ? demanda son frère.

— Oui, qu'à nous deux nous avons les moyens de prendre le contrôle de Mytikas Holdings sans nous soucier du conseil d'administration.

— Et que tu peux laisser ta femme partir.

— Pardon ? fit Xander en tressaillant.

Eros le dévisagea un instant en silence, interloqué.

— Excuse-moi, je croyais que ton mariage avec Pandora reposait sur le même type d'arrangement que celui passé avec Priya.

— J'ai passé un arrangement avec Pandora, en effet, dit lentement Xander.

Il détestait ce mot d'*arrangement*, mais c'était néanmoins de cela qu'il s'agissait.

— Ah ? Tu n'as pas l'air convaincu qu'il s'agisse bien de cela, répliqua Eros, comme s'il avait lu dans ses pensées. Mais si c'est le cas, je suis sûr qu'elle sera ravie d'être libérée et dédommagée plus tôt que prévu.

— Pandora n'est pas une femme intéressée, repartit Xander d'un ton presque menaçant.

Seigneur... Il soupira à nouveau et se pinça l'arête du nez.

— Je ne m'attendais pas à ce genre de développement, reprit-il plus calmement. Mais tu as raison à propos de nos actions – je serais un imbécile de ne pas m'associer avec toi. Il me faut juste... un peu de temps pour réfléchir à tous les aspects de cette nouvelle configuration.

— Je me trompe, ou tu ne parles pas seulement de l'entreprise ? demanda son frère en continuant de l'observer. Cela pourrait-il avoir des répercussions sur le grand mariage de demain ?

— Non, tu ne te trompes pas. Pandora mérite d'être libérée de ses engagements. C'est la meilleure solution pour elle comme pour moi.

— Ah..., fit Eros en hochant la tête. On croirait entendre un homme amoureux.

Une sensation de malaise envahit Xander.

— Ne dis pas n'importe quoi.

— Cela arrive même aux meilleurs d'entre nous, tu sais ? répliqua son frère en lui donnant une tape sur le dos. Fais-moi plaisir, va parler avec ta femme avant de prendre une décision. C'est difficile, et douloureux, de reconnaître ses erreurs, mais bénéfique – je suis bien placé pour le savoir !

Xander acquiesça d'un bref hochement de tête et dit machinalement au revoir à son frère qui lui promit d'assister à son mariage. Il l'entendit à peine, trop occupé par la peur qui lui enserrait la poitrine.

Cela faisait une semaine qu'il était dans cet état, distrait et irritable, obsédé par des visions de peau soyeuse et de magnifiques yeux gris. Mais ce n'était pas seulement le corps de Pandora qui lui manquait. C'était elle tout entière. Dès le moment où ils avaient commencé à travailler ensemble, elle était devenue à son insu la lumière de ses journées. Il appréciait leurs disputes et les arguments qu'elle lui opposait ; il respectait ses opinions et son esprit vif et critique.

Où était passé l'arrangement strictement professionnel auquel il tenait tant ?

Inutile de chercher à minimiser ce qu'ils avaient partagé au Japon, cela ne servait à rien. Xander savait. Il savait que cela n'avait jamais été une simple histoire de sexe et d'attirance physique avec Pandora. Ce qui les réunissait était bien plus que cela. C'était une chose impossible à ignorer. Un besoin profond et intense qui le consumait jour et nuit.

C'était de la folie pure. De la folie dangereuse. Mais il ne pouvait s'en empêcher : il la voulait avec lui. Pas le temps d'une nuit ou d'une semaine, ni même d'une année… Il la voulait auprès de lui en permanence. Il ne pouvait imaginer sa vie sans elle. Depuis quand ? Quand était-elle devenue indispensable à son bonheur ?

Les paroles d'Eros restaient en suspens dans son esprit. « On croirait entendre un homme amoureux. » Il se raidit d'instinct, repoussa cette idée absurde. Dans son univers, l'amour avait toujours été synonyme de faiblesse et de vulnérabilité. C'était une flèche que l'on donnait à quelqu'un qui vous transperçait le cœur avec, gratuitement, par simple caprice.

Mais l'expression de Pandora quand elle avait prononcé ces mots dans le train… Ce n'était pas de la faiblesse mais de la force qui exsudait de son beau visage, de ses yeux aux reflets d'argent, de tout son être. Même quand il avait tenté d'éteindre la flamme, elle avait continué de briller.

C'était de la folie pure, se répéta Xander en serrant les poings. Et cela devait cesser. Il l'avait déjà suffisamment détruite et pour une fois il ferait ce qu'il fallait.

Il lui rendrait sa liberté.

Habillée, maquillée et coiffée, Pandora sortit de sa chambre et descendit le grand escalier, heureuse que l'on n'ait pas insisté pour qu'elle porte des hauts talons. Le cœur lui martelant les côtes, elle aperçut Xander qui l'attendait dans le hall circulaire, le dos tourné et contemplant le verre de whisky qu'il tenait à la main. Il avait besoin d'alcool. Parce qu'il était inquiet ? Il craignait qu'elle ne soit pas à la hauteur ?

À l'instant même où elle songeait à retourner dans sa chambre pour se ressaisir, il leva les yeux vers elle, et Pandora fut éblouie par la chaleur de son regard. Il semblait traverser l'étoffe de sa robe et l'atteindre en plein cœur.

Quand elle arriva au bas des marches, Xander s'arrêta devant elle et lui prit la main, mais sans l'attirer vers lui.

— Tu es ravissante, dit-il en l'entraînant vers la double porte ouverte sur l'extérieur où allait avoir lieu la cérémonie.

Il s'immobilisa avant de franchir le seuil pour lui expliquer en détail le déroulé de la soirée tandis que, lentement, Pandora commençait à comprendre l'énormité de ce qu'elle avait accepté. Mais tout irait bien, se convainquit-elle. Xander serait à ses côtés. Elle jouait un rôle différent, voilà tout, de la même façon qu'elle en avait joué d'autres toute sa vie.

Et dans un an, elle se déferait de ce rôle, mais en demeurerait imprégnée jusqu'à son dernier jour. Jamais plus elle ne serait la même qu'avant. Dès l'instant où ses lèvres avaient rencontré celles de Xander, quelque chose s'était libéré en elle. Il avait ouvert un compartiment secret de son âme que désormais elle ne pourrait plus refermer.

Ce qui n'empêchait pas un espoir stupide de croître en elle, un espoir insensé qui la poussait vers lui, telle une fleur recherchant le soleil.

Quand ils se retrouvèrent dehors, une douce lumière éclairait l'espace somptueusement décoré. Des chaises recouvertes de satin couleur ivoire étaient alignées sur la longue pelouse, parsemée elle-même de grands pots contenant une profusion de magnifiques roses jaunes. Pandora les contempla en retenant son souffle, profondément émue que Xander ait demandé que l'on choisisse sa fleur préférée. Il y en avait partout, exhalant leur délicieux parfum.

L'amour se déploya dans sa poitrine, si puissant qu'elle eut du mal à le contenir. Elle aurait tant aimé renoncer à cette cérémonie, à cette mascarade ridicule dont ils ne voulaient ni l'un ni l'autre.

Et si le lien qui les unissait devait se transformer en autre chose ? Si ce mariage devenait réel ? Dès l'instant où la question germa dans son esprit, Pandora sut qu'elle ne pouvait pas épouser Xander de cette façon, qu'elle ne pouvait pas renoncer à l'espoir de vivre autre chose avec lui.

Ses pieds refusèrent soudain d'avancer. Elle entendit Xander demander si elle allait bien, mais sa voix lui parvint comme s'il se trouvait de l'autre côté d'un mur.

L'organisatrice événementielle leur adressa un sourire éblouissant puis dit quelque chose d'une voix aiguë qui lui fit mal aux tympans. Pandora contempla les rangées de chaises. Il y en avait tellement. Et tellement d'inconnus qui l'observaient, se demandant comment une femme comme elle avait bien pu se retrouver mariée à un sublime milliardaire grec.

Comportement bizarre ... étourdie ... trouble du spectre autistique ...

— Si vous voulez bien..., dit l'organisatrice en lui posant légèrement la main sur l'épaule. Voilà, à gauche de M. Mytikas.

Une sorte de brume envahit l'esprit de Pandora. Elle devait faire de plus en plus d'efforts pour juguler la panique qui menaçait de la submerger. La femme continuait de parler à Xander de sa voix aiguë. Pandora se concentra sur la montre qu'il portait au poignet et la trouva soudain quelconque. Ce n'était qu'un objet. Et subitement, elle réalisa que tout le monde la considérerait désormais elle aussi de la même façon, comme un objet quelconque.

Cette prise de conscience la foudroya. Elle serra les mains l'une contre l'autre en se demandant comment elle avait bien pu se croire capable de jouer le rôle de l'épouse parfaite de Xander Mytikas. Si cela n'avait pas été aussi triste et douloureux, ça aurait été risible.

— Ensuite, je vous demanderai si vous êtes prête à prendre cet homme pour époux et, bien sûr, vous répondrez...

— Non.

Pandora leva les yeux, vit une foule de regards rivés sur elle et réalisa qu'elle l'avait dit à voix haute.

Elle voulut s'excuser, retirer ce fichu petit mot de trois lettres. Elle ne voulait surtout pas décevoir Xander. Ni le blesser, ni nuire à sa réputation.

Mais aucun son ne franchit ses lèvres. Le silence s'étira, de plus en plus lourd, tandis que Pandora sentait la tension monter en elle jusqu'à l'étouffer.

14

Quand il tourna les yeux vers Pandora, Xander comprit aussitôt qu'il devait lui parler maintenant et non après le dîner comme il l'avait prévu.

Elle paraissait épuisée et tressaillait au moindre bruit, remarqua-t-il. Se tournant vers l'organisatrice de la soirée, il lui demanda de libérer la tente de réception. Les membres du personnel en sortirent quelques instants plus tard tandis que Pandora se recroquevillait de plus en plus sur elle-même.

Lorsqu'ils furent enfin seuls, à l'abri des regards curieux, il inspira profondément en tâchant de trouver les mots justes. Mais ce fut elle qui parla la première.

— Pardonne-moi, Xander. Je pensais pouvoir être à la hauteur.

Elle laissa échapper un petit rire triste avant de poursuivre.

— Je crois que c'est le fait d'être retournée au Japon seule, sans toi... J'ai eu tout le temps de réfléchir. J'aurais voulu te poser quelques questions, mais nous n'avons jamais été seuls tous les deux, et maintenant, ce dîner, tous ces gens. Je suis submergée.

C'était sa faute. Il était responsable de cette situation. De tout.

Xander lui saisit doucement le poignet, la chaleur de

la peau fine faisant naître un frisson qui fusa dans tout son bras. Il la lâcha. Il savait ce qu'il avait à faire. Il savait qu'il ne pouvait pas la garder. Parce qu'elle ne serait pas heureuse avec lui.

— J'ai vu Eros, tout à l'heure.

Elle leva les yeux vers lui, l'air surpris et un peu inquiet.

— Ça s'est plutôt bien passé, en fait. Il... il me manquait.

— Mais c'est merveilleux, Xander, murmura-t-elle.

— Je me suis rendu compte que j'avais été trop rigide, autrefois, notamment en refusant de changer d'avis sur un certain nombre de choses. Je suis parfois assez borné, apparemment, dit-il avec une petite grimace.

Pandora sourit. Mais il continua néanmoins à se sentir en équilibre au bord d'un gouffre, au-dessus du vide. Il devait le faire, lui dire la vérité. Elle avait dit qu'elle l'aimait, et il l'avait repoussée comme un imbécile. Que n'aurait-il pas donné maintenant pour l'entendre le lui dire à nouveau. Mais il ne pouvait pas être égoïste et la garder pour lui. Elle n'était pas un objet. Et elle n'était pas vraiment sa femme. Il l'avait forcée à endosser ce rôle. Le moment était venu de lui rendre sa liberté.

— Eros est propriétaire de l'entreprise sur laquelle nous enquêtons depuis un moment. Arcum. Je n'étais pas le seul à collecter des actions en me servant d'une société écran. En unissant nos forces, avec le pourcentage d'actions que nous détenons à nous deux, nous pouvons envisager la reprise totale de Mytikas Holdings.

— Et ce faisant, vous pourriez contourner la clause du testament de Zeus, enchaîna-t-elle doucement sans le regarder.

— Le reste des biens de Zeus ne m'a jamais intéressé, de toute façon. Seulement l'entreprise.

— Tu peux avoir confiance en Eros ?

— Oui. Il est maintenant clair que Zeus nous avait montés délibérément l'un contre l'autre.

Pandora hocha la tête en silence.

— Ce que j'essaye de te dire, c'est que je sais que tu ne désires rien de tout ceci, Pandora. Un grand mariage, les articles dans la presse, la vie infernale que je mène. Je t'ai demandé beaucoup, depuis le début...

Il s'interrompit et se passa la main dans les cheveux.

— Ces derniers jours, j'ai réfléchi et j'ai...

— Tu as cherché un moyen de nous sortir de cette situation, acheva-t-elle pour lui.

— Oui. Mais pas de tous les aspects de cette situation. Seulement le fait que je t'ai demandé d'être ma femme pendant douze mois. Pandora... J'ai honte quand je repense à cette nuit-là, à la façon dont je me suis comporté avec toi. Je t'ai jugée et rendue responsable de tout. Tu méritais mieux, et j'espère que tu pourras me pardonner un jour. C'est pour cela que je te libère de notre arrangement. Je demanderai à mes avocats de préparer les papiers du divorce le plus rapidement possible et de te verser dès maintenant la somme prévue dans le contrat.

Pandora émit un petit son étranglé en même temps qu'elle secouait la tête.

— Quand je pense que j'allais...

Elle secoua de nouveau la tête.

— Durant tout le temps que j'étais au Japon, tu n'as jamais cherché à me joindre, sauf lorsque tu m'as envoyé par e-mail les informations relatives au mariage. Et maintenant, *tu* as réfléchi et pris *tes* décisions, sans même me demander ce que moi je désire. Alors ne t'étonne pas si je suis chamboulée.

Chamboulée ? Elle était *chamboulée* ? L'espoir se déploya dans sa poitrine, faisant s'écrouler les murs érigés autour de son cœur. Était-il stupide de penser que l'amour de

Pandora n'était pas complètement mort alors qu'il s'était si mal comporté avec elle ? Ce moment était décisif. Il se tenait en équilibre au bord du précipice, mais il devait tenter sa chance. Sauter dans le vide.

Pandora sentit la dernière petite flamme d'espoir s'éteindre et laisser place à la colère. Comment osait-il ? Après l'avoir forcée à accepter ce marché absurde, il l'abandonnait moins d'un mois plus tard parce qu'il n'avait plus besoin d'elle ?

Étant donné qu'ils auraient divorcé de toute façon, elle n'aurait pas dû être aussi blessée. Mais il avait fait preuve d'un tel manque de tact, là, dans cette tente ridicule, au milieu de douzaines – non, de centaines, de milliers – de roses jaunes, ses fleurs préférées... Pandora sentit son cœur se briser en miettes.

Incapable de le regarder, elle céda à l'insensibilité et au froid qui l'avaient menacée toute la journée. Elle ne s'effondrerait pas devant lui. Mais soudain, elle réalisa combien tout cela était ridicule et sentit un petit rire hystérique lui monter aux lèvres.

Dès que Xander se rapprocha d'elle et lui toucha le bras, elle sentit la merveilleuse chaleur se diffuser partout en elle.

— Ne pleure pas, je t'en supplie, Pandora. Je suis le dernier des crétins, bon sang !

Il lui prit les mains, manifestement inquiet.

— Attends... tu ris ?

— Excuse-moi, c'est juste que... tout cela est tellement ridicule, dit-elle en secouant la tête. Nous sommes les vedettes de notre propre émission de téléréalité – tu ne le vois pas ? Le fiancé plaqué le jour de ses noces plaque sa nouvelle fiancée juste avant le dîner de répétition de son nouveau mariage.

Xander fronça les sourcils, l'air presque *peiné*, alors qu'il venait lui-même de mettre un terme à leur arrangement !

— Moi ? Te plaquer ? Tu crois vraiment que je te ferais une chose pareille ?

Mon Dieu, pourquoi la regardait-il ainsi ? Pandora déglutit avec effort, le cœur battant la chamade. Cet éclat, cette chaleur dans les beaux yeux bleus... Était-il possible qu'elle ait mal compris ?

— Je ne pense pas que tu me blesserais délibérément, Xander, dit-elle doucement. Mais le fait est que nous n'avons plus aucune raison de rester mariés. Et je ne travaille plus pour toi.

— Alors, sans arrangement, sans obligations professionnelles... tu ne vois aucune raison de rester avec moi ? demanda-t-il la voix rauque en lui prenant la main. Tu veux savoir pourquoi je t'ai à peine adressé la parole, récemment ? Pourquoi je ne me faisais pas confiance et que j'évitais de me retrouver seul avec toi ? Parce que je me creuse la tête pour trouver un moyen de te garder. Et que je ne pense pas te mériter.

Pandora le regarda, suffoquée. Le monde parut ralentir autour d'eux. Tout disparut, et soudain il n'y avait plus que Xander.

Elle le regarda, vraiment, et vit les cernes soulignant ses yeux, la lassitude qui se lisait sur ses traits. Il paraissait plus mince, comme s'il avait oublié de manger. Mon Dieu... Il avait l'air aussi mal en point qu'elle. Comment avait-elle pu ne pas le remarquer plus tôt ?

— Le fait de te savoir au Japon, à l'autre bout du monde, a représenté l'une des plus dures épreuves de ma vie, poursuivit-il. Je sais pourquoi tu es partie. J'ai été stupide de ne pas continuer à profiter de tes immenses qualités. Je suis tellement désolé. Ta remplaçante est complètement nulle, si cela peut te consoler.

Quand elle voulut parler, il l'en empêcha en posant doucement un doigt sur ses lèvres.

— Je me réveillais chaque matin seul avec les effluves de ton parfum. Au début, cela me rendait furieux, sachant que tu m'avais quitté. Mais lorsque je me suis calmé et que les effluves ont commencé à s'estomper…

Il plongea son regard dans le sien.

— Je crois que c'est lorsque je me suis retrouvé le visage enfoui dans ce satané oreiller en essayant de retrouver ton merveilleux parfum de femme… Je crois que c'est à ce moment-là que j'ai compris.

— Tu as compris que tu en voulais davantage ? chuchota Pandora.

— Je veux tout de toi.

Le regard rivé au sien, il reprit sa main et en embrassa la paume.

— Je ne te veux pas seulement dans mon lit pendant une semaine. J'ai été si stupide de penser que cela pourrait nous suffire. Comme si ce que je ressens pour toi pouvait s'épuiser en une nuit, une semaine ou même un an.

— Es-tu en train de dire que tu…

Son cœur battait si fort qu'elle en avait le tournis.

— Xander… j'ai besoin que tu sois clair… J'ai besoin que tu répètes ce que tu viens de dire, peut-être même plusieurs fois…

— Tu es tout pour moi, Pandora. Toi seule compte désormais parce que je t'aime plus que tout au monde.

— Tu aimes une voleuse que tu as surprise en flagrant délit ? répliqua-t-elle d'un ton faussement choqué.

Il la regarda en haussant les sourcils, une lueur espiègle au fond des yeux.

— Tu regrettes que j'en aie profité pour te proposer de m'épouser au lieu de t'envoyer en prison ?

Elle éclata de rire, et son merveilleux mari l'imita, avant de la soulever dans ses bras et de l'embrasser à pleine bouche.

— Je t'aime, chuchota Pandora contre ses lèvres. Et je ne veux pas divorcer. Mais quand ils nous poseront des questions sur notre rencontre et notre mariage, je crois que nous ne pourrons pas tout dire à nos enfants.

— Nos enfants ? répéta-t-il après s'être éclairci la voix. Tu penses déjà à cela ?

— Oh ! ce ne sera pas pour tout de suite, répondit-elle en souriant. J'ai signé un contrat qui devrait m'occuper pendant cinq ans.

Pandora rit doucement, et son mari se joignit à elle, comme si lui non plus n'arrivait pas à croire à leur bonheur.

— J'ai encore des choses à te dire, chuchota-t-elle.

— Tout ce que tu voudras, murmura Xander en la serrant contre lui.

— De préférence dans un endroit plus intime...

— J'allais te le proposer, *agapi mou*.

Épilogue

Quatre ans plus tard

Pandora s'assit dans un fauteuil en se concentrant sur le minuscule bébé qu'elle tenait dans ses bras et qui se remit à gigoter dès qu'elle s'immobilisa.

Que faisait sa belle-sœur ? Priya lui avait confié sa fille avant de partir chercher son mari au port en disant qu'elle revenait tout de suite, et vingt bonnes minutes s'étaient déjà écoulées depuis son départ...

Xander semblait avoir disparu lui aussi. Elle parcourut du regard la terrasse de l'immense villa en fronçant les sourcils. Des invités prenaient le thé en bavardant, d'autres consultaient leur messagerie. Quand elle finit par le repérer, Xander était assis sur une chaise longue et regardait fixement dans sa direction. Surprise, elle lui adressa un petit signe de sa main libre tout en berçant doucement sa nièce. Il souleva sa flûte de champagne avant de se lever et de se diriger lentement vers elle. Arrivé devant elle, il se pencha pour caresser doucement la joue du bébé qui remua ses petites jambes et attrapa le doigt de son oncle comme pour l'empêcher de partir.

— Si tu me dis que ça me va bien, tu t'en repentiras, dit Pandora avec un sourire taquin.

— OK, ça ne te va pas du tout. Tu offres le tableau le plus déplaisant que j'aie jamais vu, et je suis resté cinq minutes à te regarder avec... le plus profond dégoût.

Il se pencha pour l'embrasser, puis chuchota quelque chose à l'oreille du bébé avant de se redresser et de le regarder d'un air faussement choqué.

— Comment ça, mon trésor ? Tu veux connaître ton petit cousin dès maintenant ?

— Chut !!! fit Pandora en regardant alentour. Il est trop tôt pour en parler à tout le monde...

L'ignorant complètement, il continua à l'adresse de sa petite nièce.

— Moi aussi, je crois que c'est un garçon. Mais d'accord. Je continuerai jusqu'à ce que tu aies une petite cousine, promis.

— Ah bon ? Je suis ravie de l'apprendre...

Elle ne put s'empêcher de sourire en voyant son mari poser la main sur son ventre encore plat. Le test de grossesse positif datait de quelques jours à peine.

— Tu es sûre que tu ne veux le dire à personne ? répliqua-t-il nonchalamment. On dit que ça porte malheur, je sais, mais...

— On dirait un enfant qui veut ouvrir ses cadeaux avant le jour de Noël, l'interrompit Pandora en riant. Mais non, je ne suis pas encore prête à partager notre secret.

Posant la main sur celle de Xander, elle songea à la vie minuscule qui se développait là, dans son ventre, puis regarda la petite Amara qui se mit à gazouiller en gigotant.

— Je crois que c'est la première fois que je tiens un bébé dans mes bras... Et je me sens un peu... dépassée...

— Je m'en doutais, vu le nombre de livres de grossesse que tu as emportés pour deux jours.

Pandora détourna les yeux. Elle n'avait pas caché son besoin compulsif d'étudier la question et de se préparer à tout ce qui pourrait arriver durant ces neuf mois. Si seulement elle avait pu se laisser aller, lâcher prise et ne pas chercher à tout prévoir, les mois à venir lui paraîtraient moins terrifiants.

— Hé, je ne me moquais pas de tes livres, dit Xander en lui caressant le bras.

Il accentua légèrement la pression de ses doigts pour la rassurer.

— Lorsque je les ai vus, je les ai aussitôt téléchargés en version audio sur mon téléphone. J'ai déjà commencé à les écouter en courant le matin – je vais tout savoir sur les différents stades et l'évolution de ta grossesse.

Non... Pandora le regarda avec attention. Il se moquait d'elle, ou il parlait sérieusement ?

— Tu fais comme moi ? Tu te prépares ?

— Tu n'es pas la seule à aimer anticiper les choses, *agapi mou*. J'ai de grands projets, chuchota-t-il en souriant.

Ils se regardèrent un long moment en silence. Jamais elle n'aurait cru partager un tel lien avec quelqu'un. Depuis quatre ans qu'ils étaient mariés, Xander lui montrait chaque jour que l'amour ne se méritait pas, ni qu'il fallait s'entraîner pour y accéder. L'amour de son mari était inconditionnel et constant, et Pandora savait qu'il aimerait leur enfant avec la même force et la même loyauté.

— Nous sommes ensemble dans cette aventure, n'oublie pas, murmura-t-il contre sa bouche avant de l'embrasser doucement. Nous pouvons toujours demander à mon frère s'il veut bien que nous nous exercions avec ce petit bout de chou.

— Vous exercer à quoi ? demanda une voix familière derrière eux.

Priya apparut et baissa les yeux sur la main de Xander toujours posée sur son ventre.

Paniquée, Pandora chercha quelque chose à répondre mais ne trouva rien.

— Où est-elle ?

Eros apparut à son tour et les regarda tour à tour. L'espace d'un instant, Pandora crut qu'il parlait d'elle, mais les yeux bleus de son beau-frère s'illuminèrent en apercevant sa fille. Il se pencha aussitôt et la souleva tendrement dans ses bras tandis que Pandora le regardait faire, les joues en feu.

Venant à son secours, Xander taquina son frère et sa belle-sœur à propos du temps qu'ils avaient mis à les rejoindre, mais cela n'empêcha pas Priya de continuer à jeter des regards interrogateurs en direction de Pandora.

Et soudain, il y eut un silence.

— Je suis enceinte, annonça-t-elle tout à trac.

Priya la dévisagea en écarquillant les yeux puis sourit en battant des mains, l'air aux anges, tandis qu'Eros se contentait de regarder son frère en haussant un sourcil.

Durant quelques instants, Xander la regarda d'un air si surpris que Pandora faillit s'excuser.

— Et elle craignait que je trahisse notre secret ! s'exclama-t-il en riant.

Priya le prit dans ses bras, puis Eros lui passa un bras autour des épaules en le félicitant, la voix rauque d'émotion.

La relation entre les deux frères avait tellement changé, en quatre ans. Quand ils avaient repris l'entreprise ensemble, ils avaient instantanément formé un duo de choc, la créativité et l'intuition d'Eros complétant parfaitement la force et la détermination farouche de Xander. Ils avaient réussi à purger Mytikas Holdings des turpitudes de leur père et l'avaient transformée en une entreprise totalement nouvelle dont ils pouvaient être fiers.

En dépit de son refus de coopérer avec eux, Nysio Bacchetti avait fini par approcher ses frères en leur faisant une proposition inattendue.

Un peu plus tard, alors que son mari l'entraînait vers l'hélicoptère qui les attendait, Pandora se tourna vers lui en riant.

— Je crois que nous pouvons renoncer à garder notre secret pour nous !

— Je crois aussi. Mais si cela t'inquiète, je peux t'aider à te détendre...

Il s'arrêta et la prit dans ses bras avant de pencher le visage vers le sien.

— Tu me connais si bien, murmura-t-elle.

C'était tout ce dont elle avait besoin, songea Pandora tandis qu'il commençait à l'embrasser dans le cou en la serrant contre lui. De cet homme, de cet homme merveilleux et de la vie qui grandissait dans son ventre.

Leur histoire n'avait pas commencé comme un conte de fées traditionnel, loin de là, mais elle leur appartenait à eux et à eux seuls. Et Pandora pressentait qu'ils n'avaient encore eu qu'un aperçu des merveilles qui les attendaient tout le long du chemin.

Vous avez aimé ce roman ?
Retrouvez en numérique votre série
« Les anneaux grecs » :

1. *La mariée envolée*
2. *La lune de miel d'un patron*

Et découvrez la suite de votre série
dès le mois prochain dans votre collection Azur !